Beanstock
-A.W. BENEDICT-
-MORD IN BESTER GESELLSCHAFT-

Der zehnte Fall

© 2023 A.W. Benedict
All rights reserved.

Facebook: A.W. Benedict
Instagram: @awbenedict_autorin
Webseite: awbenedict.de

Umschlaggestaltung: wolf-Photoart
Fotos: lizenziert durch iStock

Illustrationen: A.W. Benedict

Schriftdesign: Tobias Wieduwilt

Korrektorat: SchriftWerk - Jona Gellert

Herstellung und Verlag: BoD – Books on Demand, Norderstedt

ISBN 9783741265495

Bibliografische Information der Deutschen Nationalbibliothek:
Die Deutsche Nationalbibliothek verzeichnet diese Publikation in der Deutschen Nationalbibliografie; detaillierte bibliografische Daten sind im Internet abrufbar.

Beanstock
-A.W. BENEDICT-
-MORD IN BESTER GESELLSCHAFT-

„Ursache und Wirkung sind zwei Seiten einer einzigen Tatsache."

Ralph Waldo Emerson (1803 - 1882)

Schattenspiele im Kopf

Sie schlug sich mit der flachen Hand an den Kopf. Schmerzhaft. Aber es half, um auf den Boden zurückzukommen und ihre Dämonen zu vertreiben.

Bis zu diesem Zeitpunkt war es einer von den guten Tagen gewesen. Man hatte sie in Ruhe gelassen und niemand hatte ihr boshafte Blicke zugeworfen. Aber nun waren sie wieder da.

Sie hatte etwas Wunderbares für ihre Sammlung entdeckt. Einen winzigen Augenblick hatte sich ihr Leben normal angefühlt.

Dass die Stimmen nur in ihrem Kopf durcheinanderplapperten, war ihr schmerzlich bewusst. Aber sie waren deshalb nicht weniger beängstigend.

Eins ... zwei ... drei ... vier ... ich komme ... fünf sechs sieben acht ... ich finde dich ... neun und zehn ... ich hab'dich. Immer wenn sie diese Worte in ihrem Kopf hörte, konnte sie sich nicht konzentrieren. Das war nicht gut für ihre Arbeit. Dann sah sie Schatten vorbeihuschen. Dunkle Gestalten in wehende, flatterhafte Fetzen gekleidet, die seltsame Tänze vor ihren Augen aufführten.

Sie wünschte, es wäre wieder wie damals, als Vater noch gelebt hatte. Es war eine ruhige Zeit gewesen, voller Liebe und Verständnis. Er hatte es immer geschafft, ihre Dämonen zu vertreiben.

Sie schlug sich erneut mit der flachen Hand schmerzhaft an den Kopf. Ihre Augen tränten, aber das war gut so. Es musste wehtun, sonst half es nicht. Dann verschwanden die Schatten meistens aus ihrem Kopf. Im Moment waren sie sehr aufdringlich.

Sie durchquerte leise die große Eingangshalle, vorbei an dem goldfarbenen Schild mit dem Aufdruck *Willkommen im Hotel Viscount Horatio Nelson*, und ging auf die breite Treppe zu, die zu den einzelnen Etagen führte. Sie musste bis ganz nach oben gehen. Dort waren die Zimmer des Personals und dieser Schrank, der so wichtig für sie geworden war. Ein Teil von ihr hasste ihn, aber konnte auch nicht ohne ihn sein. Er verbarg ein Geheimnis, das nur sie allein kannte.

Der neue Mitbewohner für ihre Sammlung war etwas verrostet, hatte keinen Deckel und Beulen im alten Metall. Aber das machte seinen Charme aus. Dadurch wurde er etwas Besonderes. Sauber und glatt gab es überall, aber leichter Rost auf den Oberflächen gefiel ihr immer am besten. Oder wenn etwas grünlicher Schimmel darauf herumkrabbelte. Das sah wunderschön aus. Sie verstand nicht, warum die Menschen das nicht mochten. Sie war da anders und kümmerte sich um die Zurückgelassenen und Verstoßenen. Vater war genauso gewesen.

Natürlich musste sie sehr leise sein. Es durfte niemand mitbekommen, was sie des Nachts trieb, wenn sie durch das Haus lief. Das würde Probleme heraufbeschwören.

Als sie endlich oben angekommen war, sah sie sich noch einmal vorsichtig um.

Der alte Wäscheschrank. Man hatte ihn vor langer Zeit aussortiert und er fristete hier oben seit Jahrzehnten sein einsames Dasein. Solange sie denken konnte, stand dieses Möbelstück in der dritten Etage. Man hatte den Schrank einfach vergessen. So wie man sie vergessen hatte. Darum passten sie gut zueinander, der Schrank und sie.

Wenn man an einer der großen Rosetten drehte, rutschte das Möbelstück wie von selbst zur Seite. Eine alte Holztür kam dahinter zum Vorschein. Sie wusste nicht, warum man diese Tür hatte verstecken müssen oder wer diese Vorrichtung einst gebaut hatte. Fragen durfte sie nicht, dann flog ihr Geheimnis auf. In den Chroniken des Hauses war nichts darüber zu lesen.

Sie war noch ein Kind gewesen, als ihre Welt ins Wanken geraten war. Wenn sich diese Geschichte in ihr Gedächtnis schlich, kamen die Schatten sofort zurück und ließen sie nicht mehr in Ruhe.

Eins ... zwei ... drei ... vier ... ich komme!

Sie schüttelte den Kopf. Es hörte einfach nicht auf. Sie öffnete die Tür und schob das Gefundene in den Flur, der sich dahinter befand. Wenn sie die Tür wieder schloss, rutschte der Schrank zurück an seinen Platz. Innen, neben der Tür, gab es einen großen Hebel, der eine Mechanik auslöste. Der Schrank schwang zur Seite, wenn man den Hebel betätigte. Das war immer sehr aufregend.

Bei ihrem ersten Besuch hatte es gequietscht und geschappert. Zum Glück hatte es niemand gehört.

Sie hatte sich schon als Kind für Motoren und mechanische Geräte interessiert. Damals hatte sie mit etwas Geschick und einer Kanne Motorenöl die uralte Mechanik reparieren können. Niemand sollte ihr Versteck finden. So sollte es bleiben.

Die geheimnisvolle Wohnung hatte sie lange nach jenem verhängnisvollen Tag entdeckt. Als ihr Martyrium begonnen hatte. Obwohl dieser Ort mit so vielen Schmerzen verbunden gewesen war, hatte es sie immer wieder dorthin gezogen.

Ihre Hände hatten damals die schönen Schnitzereien berührt und dabei das Geheimnis entdeckt. Zufall? Glücksfall?

„Reiß dich zusammen", flüsterte sie.

Wohin mit dem Neuen? Er war schwer und sie wollte ihn nicht lange durch die Ecken und Kurven hier oben tragen. Er würde sich wunderbar neben der alten Standuhr im zweiten Raum machen. Also schleppte sie ihn noch ein gutes Stück und platzierte ihn neben der alten, ausrangierten Uhr. Sie hatte kein Zifferblatt mehr und die Pendel waren kaputt. Das gefiel ihr gut.

„Hallo, mein Freund. Wie geht es dir heute? Keine Angst, du darfst bleiben. Niemand wird dir etwas antun. Dafür sorge ich schon", raunte sie der alten Uhr zu, die hier oben bereits gestanden hatte, als sie die vergessene Wohnung entdeckt hatte. Ihre Finger strichen zärtlich über das morsche Holz des Gehäuses. Die Neuerwerbung stand sicher an der Seite der Uhr.

Sie besah sich ihr Werk, war mit ihrer Arbeit zufrieden und lief zurück zum Schrank. Es war früh am Morgen. Bald würden alle erwachen. Dann sollte sie in ihrem Zimmer sein.

Niemand durfte ihr Reich jemals betreten. Niemand. Es gehörte ihr allein.

Wenn sie das Haus für sich haben würde, könnte sie es mit all ihren Lieblingen ausstatten. Ihr Vater hätte sie verstanden. Er war selbst ein Sammler gewesen. Der Gedanke daran ließ sie lächeln.

Sie durchschritt den schmalen Gang, der vor der alten Tür endete. Dahinter war die Rückseite des Wäscheschranks.

Auf dem Boden vor ihr blinkte etwas silbern.

Sie bückte sich danach und sah sich das interessante Ding an. Es war eine feingliedrige Kette mit einem winzigen Anhänger, auf dem ein Wappen abgebildet war. Auf der Rückseite standen die lateinischen Worte *prima potentia, deinde moralis*. Sie hatte Latein in der Schule gehabt, aber erinnerte sich nicht an alle Vokabeln. Sie hatte diese tote Sprache nie gemocht. *Potentia* bedeutete Macht und *moralis* war die Moral, aber was dieser Satz bedeuten könnte, erschloss sich ihr nicht.

Das Schmuckstück war viel zu sauber. Das mochte sie nicht. Wie kam es hierher? Irgendjemand war in ihr Reich eingebrochen! Kalter Schweiß trat auf ihre Stirn und sie begann zu zittern.

Eins ... zwei ... drei ... Schatten fliegt endlich vorbei!

Parsley Manor, März

Lady Fedora ging nervös im Salon auf und ab. Ihre Hände waren in ständiger Bewegung. Ein um das andere Mal blieb sie in der offenen Tür zur Halle stehen und blickte zur Treppe. Beanstock und Mrs Argyle standen in der Halle und blickten sorgenvoll zu Lady Fedora.

Hinter der Tür zum Dienstbotenbereich wurde getuschelt. Beanstock räusperte sich etwas lauter als gewohnt. Sofort wurde es ruhiger. Die restlichen Angestellten, allen voran Mrs Porkpie, standen hinter der Tür und diskutierten über den Ausgang des heutigen Tages.

Phillis, wie immer naseweis, meinte, das würde ein schlimmes Ende nehmen. „Mein Onkel Rupert, Gott hab ihn selig, hatte auch so einen Husten und war nach drei Tagen mausetot", flüsterte sie in die Runde.

Dafür bekam sie einen schmerzhaften Knuff von Lizzy, die vor kurzem Lady Fedoras Zofe geworden war. Filomena Arbuckle, die diesen Posten bis zu diesem Zeitpunkt innegehabt hatte, war vor ein paar

Wochen mit ihren Habseligkeiten und ihrer Freundin aus London in die Cotswolds übergesiedelt. Gonzales hatte sie gefahren und sich davon überzeugt, dass sie auch im angezeigten Ort und im richtigen Haus angekommen war. Nach den Ereignissen in der Karibik ging es der ehemaligen Zofe sehr viel besser, aber ihre Verwirrtheit war ihr geblieben. Deshalb hatte Sir Percival angeordnet, dass Gonzales die Dame zu ihrem neuen Zuhause bringen sollte. Alles hatte sich zum Besseren entwickelt.

Das neue Hausmädchen Cory Higgins, die Nichte der Witwe Bloom aus Parsley Field, hatte danach ein paar Wochen im Haus gearbeitet.

Ganz so einfach, wie Mrs Argyle gehofft hatte, hatte sich das allerdings nicht entwickelt. Cory war fleißig, ja sicher, aber sie hatte ständig das letzte Wort und versuchte, ihren Willen durchzusetzen. Mrs Argyle waren Zweifel gekommen, ob das die richtige Wahl gewesen war. Der Haushalt auf Parsley Manor war ausgezeichnet organisiert. Aber Cory hatte ständig etwas auszusetzen gehabt.

Die junge Frau hatte, während sie saubermachte, Möbel im Salon umgestellt, weil sie meinte, das würde besser aussehen. Mrs Argyle hatte sie zurechtgewiesen und ihr erklärt, dass derlei Änderungen den Baronets zu überlassen seien. Es stehe einem Hausmädchen nicht zu, einfach die Einrichtung zu verschieben.

Am nächsten Tag war das Bild der Großtante Alexandra, Lady of Greenshaw, plötzlich in der Empfangshalle aufgetaucht. Während das wunderschöne Rosenbild, das Lady Fedora so liebte, nun in der

Bibliothek gehangen hatte. Mrs Argyle hatte es schnellstens wieder in Ordnung gebracht. Sie hatte den Eindruck gehabt, dass Lady Alexandra aufgrund des Umzugs noch verdrießlicher auf dem Gemälde wirkte als vorher. Flüsternd hatte sie sich bei der Dame entschuldigt.

Dann hatte sie kurz geschnieft und war hoch erhobenen Hauptes zurück in den Dienstbotenbereich gegangen.

„Cory, kommen Sie in mein Büro!", hatte sie durch den Flur in Richtung Küche, wo das Hausmädchen um diese Zeit einen Tee trank, gerufen.

„Oje", hatte Phillis sofort zu Cory gesagt. „Was hast du dieses Mal angestellt?"

Mrs Porkpie hatte den Kopf geschüttelt und als Cory im Büro der Hausdame verschwunden gewesen war, hatte sie sich zu Phillis umgewandt und etwas in ihr Ohr geraunt.

„Meinen Sie? Aber weil sie ein paar Möbel umgestellt hat, wird man sie doch nicht entlassen. Das glaube ich nicht", hatte Phillis geantwortet und weiter Möhren geschält.

„Denk an meine Worte, Mädchen. Dieses Hausmädchen passt nicht in unsere Familie. Das habe ich am ersten Tag schon bemerkt", hatte die Köchin gesagt.

Im Büro der Hausdame war in der Zwischenzeit heiß diskutiert worden.

„Ich habe Sie mehr als einmal darauf aufmerksam gemacht, dass keine Möbel umgestellt werden. Das obliegt den Baronets und wird durch mich oder Mr Beanstock in die Tat umgesetzt."

„Aber es waren gar keine Möbel, es waren zwei Bilder. Die alte Frau auf dem Bild sieht doch gruselig in der Bibliothek aus. In der Halle hinter dem großen Schrank ist es nicht so schlimm. Und außerdem ..."

„Genau das ist der Punkt, Cory, es gibt kein außerdem von Ihnen. Sie sind hier als Hausmädchen angestellt und nicht als Dekorateur. Sie können froh sein, dass Mr Beanstock heute nicht hier ist, das können Sie mir glauben! Sie sollten stolz sein, dass Sie hier im Haus arbeiten und zum makellosen Erscheinungsbild der Räume beitragen dürfen. Denken Sie darüber nach! Wir reden später, wenn Mr Beanstock wieder daheim ist!", hatte Mrs Argyle am Ende in etwas lauterem Tonfall gesagt und dann mit der Hand auf die Tür gewiesen.

Cory war aufgestanden, hatte zornig geblickt und das Büro verlassen. Sie war schnurstracks in die Küche gegangen, hatte nach ihrem Mantel und der Handtasche gegriffen und das Haus Parsley Manor verlassen. Da sie immer noch bei ihrer Tante im Ort wohnte, waren das ihre gesamten Habseligkeiten gewesen.

An der Tür hatte sie sich noch einmal wutschnaubend umgedreht.

„Sagt dieser ignoranten Frau, dass ich meinen ausstehenden Lohn haben will. Sie soll ihn zu meiner Tante schicken. In diesem Haus kann man nicht arbeiten! Altmodisch, unzureichende Ausstattung, ein vorlautes Kind und unfähiges Personal, altmodisch eben!", hatte sie gerufen und war verschwunden. Dann war die hintere Tür erneut aufgerissen worden.

„Die blöde Uniform schicke ich morgen zurück.

Ist sowieso hässlich! Wer rennt denn heutzutage noch mit so langen Kleidern herum!", hatte sie gerufen. Dann war die Tür erneut ins Schloss gefallen. Man hatte noch die trommelnden Schritte auf dem Kies hören können und ein wehleidiges miau, weil Kater Mortecai nicht so schnell aus dem Weg hatte springen können.

Mrs Porkpie hatte Phillis triumphierend angesehen. „Was habe ich gesagt? Sie passt nicht zu uns und irgendwie kann ich mir vorstellen, warum sie von ihren Eltern rausgeworfen wurde."

Phillis hatte große Augen gemacht.

„Meinen Sie, die wurde rausgeschmissen? Von ihren eigenen Eltern? Das ist doch bestimmt nicht wahr."

„Denk an meine Worte. Mrs Bloom tut mir jetzt schon leid. Sie hatte sicher gehofft, das Mädchen endlich gut untergebracht zu haben. In ihrem Laden in Parsley Field wollte Cory jedenfalls nicht arbeiten und die Witwe Bloom wollte das auch nicht. Als ich neulich ein paar Postkarten bei ihr gekauft habe, war sie mit der Tatsache, Cory hier auf Parsley Manor zu wissen, ganz zufrieden. Das gibt eine Menge Ärger zwischen den beiden Frauen. Mrs Bloom ist nicht zu beneiden. Wenn du mit den Möhren fertig bist, schäle noch die Kartoffeln. Hängst schon wieder in der Zeit hinterher", hatte die Köchin gesagt und sich schmunzelnd zu dem Suppentopf umgedreht.

Aber heute war ein neuer Tag und es gab andere, schlimmere Probleme zu lösen.

Am Abend vorher war Sir Percival aus London zurückgekommen. Gonzales hatte ihn am Morgen mit dem Bentley zu einem Termin bei dem Anwalt der Baronets gebracht, während der Butler Besorgungen erledigt hatte.

Beanstock war unterwegs die Blässe auf dem Gesicht Sir Percivals aufgefallen. Überraschenderweise hatte sich der Baronet, daheim angekommen, sofort zur Ruhe begeben. Es war erst zwanzig Uhr gewesen. Das war ungewöhnlich. Einen Imbiss hatte er ebenfalls abgelehnt.

In der Nacht hatte Lady Fedora dann nach dem Butler geläutet. Es war dem Baronet nicht gut gegangen. Er hatte gehustet, bekam kaum genügend Luft und hatte Schüttelfrost gehabt. Beanstock hatte sofort mit Dr. Winterbottom telefoniert. Nach einer halben Stunde hatte der Arzt am Bett neben Sir Percival gesessen, ihn untersucht und gar nicht zufrieden ausgesehen.

„Ich gebe ihm eine Spritze und komme morgen in aller Frühe wieder. Seine Lunge ist angegriffen und das hohe Fieber gefällt mir gar nicht. Lauwarme Umschläge, Mr Beanstock, und er soll viel Tee trinken, am besten Lindenblütentee. Ich lasse Ihnen noch ein paar Tabletten gegen den Reizhusten hier, Lady Fedora, mehr kann ich im Moment nicht tun. Warten wir bis morgen ab", hatte der Arzt erklärt.

Nun war er wieder bei dem Baronet. Er schickte Lady Fedora aus dem Zimmer und überließ sie der Obhut der Hausdame. My Lady war furchtbar nervös.

Es verging eine halbe Stunde.

Die Dienstboten hatten sich in dem kleinen Flur, der an die Halle grenzte, versammelt. Herringbone kniete neben dem Beagle Junior, der jämmerlich jaulte. Tiere hatten ein feines Gespür für Gefahr. Der Gärtner versuchte, ihn zu beruhigen.

Lizzy kaute auf einem Fingernagel herum, während sie versuchte, die weinende Luci zu beruhigen.

„So hat der Husten von meiner Oma auch geklungen. Ich habe solche Angst um Sir Percival", sagte das Kind mit weinerlicher Stimme.

Phillis wippte auf und ab und Mrs Porkpie ließ ab und zu ein leises: „O Gott, o Gott", hören. Harrison knetete im Hintergrund seine gute Mütze kaputt und Gonzales lief aufgeregt im Flur herum und machte damit Lizzy noch nervöser.

„Was war denn gestern in London? Wo hat er sich das denn geholt?", fragte leise Phillis.

Gonzales hob die Schulter.

„Ich habe keine Ahnung. Aber auf dem Hinweg hat er schon gehustet. Verdammtes Wetter, es war gestern furchtbar nasskalt und neblig in London", flüsterte der Chauffeur.

In der oberen Etage hörte man den Doktor. Er schloss leise die Schlafzimmertür von außen und kam über die Treppe in die Eingangshalle.

Mrs Porkpie hielt es nicht mehr hinter der Tür und sie öffnete sie. Der ganze Schwall Dienstboten ergoss sich in die Halle. Allen voran Junior, der winselnd zu Lady Fedora lief.

Beanstock wollte bereits einen Tadel aussprechen, aber My Lady hob den Arm.

„Lassen Sie die Leute. Sie machen sich doch auch Sorgen. Doktor Winterbottom, was können Sie mir über den Zustand meines Perci sagen?"

„Wie ich gestern bereits vermutete. Es ist eine

Lungenentzündung. Ich würde ihn sehr gern in eine Klinik einweisen, aber das lehnt er vehement ab. Das Fieber ist nach wie vor zu hoch. Ich ordne Folgendes an: Absolute Bettruhe, er sollte viel trinken, Inhalationen mit einem Kräuterauszug und ich verschreibe Penicillin zur Unterstützung. Es muss sich strikt an meine Anweisungen gehalten werden. Ich denke, es ist bakteriell bedingt. Ich habe Blut abgenommen. Wenn ich die Ergebnisse bekomme, wissen wir sicher mehr. Ich werde jeden Tag hier sein müssen", sagte Dr. Winterbottom und setzte sich danach an den Tisch im Salon, um die Rezepte auszufüllen.

„Von mir aus können Sie hier auch übernachten, lieber Doktor. Bitte, tun Sie Ihr Bestes", sagte My Lady weinerlich.

„In ein paar Tagen wissen wir mehr. Es kann langwierig sein und ich empfehle jetzt schon eine anschließende Kur zur Stärkung. Ich habe den Eindruck, dass er diese Krankheit schon länger mit sich herumträgt. Ich werde alles in meiner Macht Stehende tun, My Lady. Machen Sie sich nicht zu viele Sorgen", erklärte der Arzt.

Der Doktor gab Lady Fedora die Rezepte. Neben den beiden tauchte Gonzales auf. Er nahm Lady Fedora die Rezepte ab und lief aus dem Haus. Beanstock empfand das als sehr vorwitzig, aber er wollte es ihm, aufgrund der heiklen Lage, durchgehen lassen. Kurz darauf hörte man den Defender vom Hof rasen.

„Hoffentlich bekommt er die Medikamente in Parsley Field", raunte Mrs Argyle dem Butler zu.

„Ich bin sicher, er klappert so lange Apotheken in

der Gegend ab, bis er alles hat. Ich kenne Gonzales mittlerweile sehr gut", sagte Beanstock.

Luci hatte sich davongeschlichen, ohne dass jemand darauf geachtet hatte. Der Einzige war Junior, der sofort neben seiner Freundin aufgetaucht war. Niemand achtete in dieser Situation auf den Hund. Nun öffnete sie ganz vorsichtig die Tür zu dem Schlafzimmer der Baronets in der ersten Etage.

Sir Percival lag mit geschlossenen Augen in dem riesigen Bett mit dem Baldachin darüber und schien zu schlafen. Sein röchelnder Atem verriet seinen Zustand. Es roch nach Medizin. Luci fühlte sich an ihre Großmutter erinnert, die viel zu früh an einer Lungenentzündung gestorben war. Erneut schossen Tränen in ihre Augen.

Sie ging langsam näher. Junior war nicht so vorsichtig. Er stand bereits mit seinen beiden Vorderpfoten auf dem Rand des Bettes und schnüffelte in Richtung seines geliebten Herrchens. Sein Winseln brachte Sir Percival dazu, die Augen zu öffnen.

Er versuchte zu lächeln und streckte eine zitternde Hand nach dem Beagle aus. Man sah, wie schwach er war.

Luci tauchte neben dem Hund auf und lächelte den Baronet an.

„Sie müssen ganz schnell wieder gesund werden, Sir, draußen wird es schon Frühling. Werden Sie bald wieder gesund?", fragte sie mit großen, ängstlichen Augen. Sie legte eine Hand auf den Arm des Baronets.

„Ich werde mich bemühen, meine kleine Luci", sagte er mit leiser Stimme. Er wollte zu einem Glas auf dem Nachtschrank greifen. Luci war schneller, hielt das Glas und den Kopf des Kranken und half ihm beim Trinken.

„Lucinda Parish", sagte jemand an der geöffneten Tür. „Du darfst Sir Percival nicht stören." Beanstock kam mit einem Tablett ins Zimmer. Darauf standen eine Tasse und eine Kanne Tee. Lindenblütentee. Sir Percival verabscheute dieses Getränk. Er sah Luci mit verdrießlicher Miene an. Das Mädchen verzog sofort das Gesicht zu einer Grimasse und hielt sich die Nase zu. Da musste sogar der Kranke leicht schmunzeln.

Lady Fedora kam herein und setzte sich auf die andere Seite des Bettes.

„Das ist sehr lieb, Luci, dass du Sir Percival besuchen möchtest, aber er ist zu schwach und muss sehr viel ruhen ..." Sie wurde von ihrem Gatten unterbrochen, der die Hand in ihre Richtung hob.

„Bitte, lass sie doch eine Weile hier. Ich bin so froh über ihre Gesellschaft", sagte er sehr leise. Dann begann er furchtbar zu husten.

„Weißt du, Luci, wie wäre es, wenn du jeden Nachmittag nach der Schule zu Sir Percival gehst und ihm die Tageszeitung vorliest? Was denken Sie, My Lady?", fragte der Butler versöhnlich.

„Eine wundervolle Idee", sagte lächelnd Lady Fedora.

Damit war allen geholfen. Sogar der Dienerschaft, da sie an jedem Tag von Luci die neuesten Nachrichten aus dem Krankenzimmer erhalten würde. Sie wussten alle ganz genau, dass sie von Mr Beanstock nur das Nötigste erfahren würden. Das war ansonsten nicht angebracht für den persönlichen Butler eines

Baronets.

Vor dem Fenster hörte man einen Wagen hart auf dem Kies vor dem Eingang bremsen, eine Autotür zuschlagen und nachdem die Eingangstür aufgeflogen war, trommelnde Schritte auf der Treppe.

„Gonzales", sagte Lady Fedora leise und lächelte.

Sir Percival

Es vergingen Wochen, bis es Sir Percival besser ging. Wochen und Tage, in denen die Bewohner des Hauses voller Sorgen ihrer Arbeit nachgingen. Sogar Kater Mortecai und Junior, der Beagle, verstanden sich plötzlich und es gab kein Miauen oder lautes Gebell, weil der Kater den Hund um ein Büschel Fell erleichtert hatte.

Mrs Porkpie wurde nicht müde, gute Hühnersuppen zu kochen, und Luci lief an jedem Tag sofort nach Hause. Sie wusste, Sir Percival wartete auf sie. Es machte ihr Freude, ihm vorzulesen. Und Sir Percival schien während der Stunde, in der das Kind ihm vorlas, zu entspannen. Manchmal brachte Luci kleine Geschenke von ihrer besten Freundin Bronté Pitsch mit in das Krankenzimmer. Kleine Basteleien aus Kastanien oder ein Bild mit gepressten Blumen darauf. Bronté hatte sehr viel Geschick und wollte so dem Baronet einen Genesungsgruß schicken. Sir Percival war sehr gerührt über so viel Anteilnahme.

Alle Angestellten liefen wie auf Zehenspitzen durch das Haus und man unterhielt sich im Flüsterton. Das ging so lange, bis Sir Percival seine Gattin fragte, ob er allein im Haus wäre. Ihm fehlten die vertrauten Geräusche. Das Poltern des Holzes in den Kaminen, das Klappern des Geschirrs und das Lachen der Zofe am Morgen. Ja, ihm fehlte sogar das Heulen von Phillis, wenn sie wieder einmal etwas verschüttet hatte und von der Köchin gerügt worden war.

Gonzales schlug daraufhin vor, sein Werkzeug unter dem Fenster des Baronets zu sortieren und zu ölen. Das würde eine Menge Krach machen. Beanstock lehnte dieses Ansinnen dankbar ab. Der Gärtner machte schon genug Lärm mit seinem Spaten und der großen Gartenschere. Das sollte genügen.

Eines Tages gab es für den armen, gebeutelten Sir Percival noch einmal eine Aufregung, auf die er gern verzichtet hätte. Er hatte seinen Mittagsschlaf beendet und lag fiebernd und schwitzend in seinem großen Bett. Die Tür wurde geöffnet und ein Besucher trat ein. Sir Percival öffnete die Augen und sah wie durch einen Schleier eine schwarz gekleidete Gestalt vor sich stehen.

Er riss nun vollends seine Augen auf und erkannte in der Hand des Mannes die Bibel. Nun war es also so weit, er bekam seine letzte Ölung. Ihm gingen eine Menge Ausreden im Kopf herum, warum er eigentlich noch gar nicht dran sein könne. Schließlich schloss er seine Augen schnell wieder und ergab sich der Situation.

„Mein lieber Sir Percival, wie geht es Ihnen denn? Ich hielt es für meine Pflicht, nach dem Kranken zu schauen. So viele Schäfchen meiner Gemeinde haben sich schon bei mir besorgt nach Ihnen erkundigt", sagte der Besucher mit leiser Stimme.

Der Baronet öffnete tapfer seine Augen und sah in das milde lächelnde Gesicht von Pfarrer Wilson. Sein weißes Haar wogte wie ein Heiligenschein um seinen Kopf.

Das ist dann wohl noch einmal gut gegangen, dachte sich Sir Percival.

Dr. Winterbottom kam täglich nach seiner Sprechstunde. Er untersuchte den Patienten und passte die Medikation nach Bedarf an. In der ersten Zeit sah man ihm an, wie schlimm er die Situation einschätzte. Beanstock hatte eine hohe Meinung von Dr. Winterbottom und alle hofften, dass nicht doch noch ein Klinikaufenthalt nötig wurde.

Nach Wochen intensiver Pflege konnte Sir Percival endlich kurz aufstehen. Man stellte ihm einen bequemen Liegestuhl auf die hintere Terrasse und Beanstock brachte Sir Percival zusammen mit Gonzales hinunter in den Garten. Der Baronet war kraftlos und sah mitgenommen aus. Sogar der kleine Bauchansatz war fast verschwunden.

Als er bequem lag, deckte Beanstock eine warme Decke über seine Beine und Gonzales stellte einen Tisch neben die Liege für das Teetablett. Es war ein schöner, sonniger Tag im April, aber trotzdem musste Sir Percival noch einen Schal tragen. Darüber beschwerte er sich laut polternd. Das bewies Lady Fedora immerhin, dass sich ihr Gatte auf dem Weg der Besserung befand.

Junior saß die gesamte Zeit neben seinem Herrn und ließ sich kraulen. Es war Frühling und die ersten

Hummeln flogen brummend durch den Garten. Der große Apfelbaum stand voller Blüten und versprach ein gutes Erntejahr. Sir Percival sah sich lächelnd um und schlief auch kurz ein. Als der Arzt am Abend kam, lag er wieder in seinem Bett. Aber seine Wangen hatten endlich wieder etwas Farbe angenommen und als Dr. Winterbottom ihn erneut abhorchte, nickte er erfreut mit dem Kopf.

„Das hört sich schon viel besser an, Sir Percival. Ich bin sehr zufrieden mit den Fortschritten. Das haben Sie sicher auch der guten Pflege hier im Haus zu verdanken."

Dann wandte er sich an Lady Fedora, die neben dem Bett stand und froh war, endlich positive Nachrichten zu bekommen.

„Ich halte es für unerlässlich, dass Sir Percival einen Kuraufenthalt ins Auge fasst. Ich empfehle Bäder, lange Spaziergänge und gutes, nahrhaftes Essen. Was halten Sie von Bath? Der Ort hat eine lange Kurtradition und wäre bestens geeignet", sagte Dr. Winterbottom.

„Ich weiß von meiner Tante, dass sie dort in jedem Jahr zur Kur weilt und immer sehr zufrieden zurückkommt. Wie hieß doch gleich dieses Hotel? Es war irgendetwas mit einem Admiral zur See oder etwas Ähnlichem", sagte Lady Fedora an ihren Gatten gewandt.

„*The Viscount Horatio Nelson*, Darling. Der berühmte Seeheld soll dort wohl einmal logiert haben. Vielleicht ist er aber auch mit einem Ruderboot auf dem *Avon* herumgeschippert und hat Bath nie betreten. Jeder Ort sucht nach einem Prominenten, der irgendwo in der Nähe vorbeigelaufen ist oder vielleicht einmal nach dem Weg gefragt hat. Sofort erscheint der Name auf einer Gedenkplatte", sagte Sir Percival. Der Baronet bekam langsam wieder seinen Sinn für Humor zurück.

Trotz der heiklen Situation im Haus war es die Aufgabe der Hausdame, einen Ersatz für das letzte Hausmädchen zu suchen. Im Moment übernahmen Lizzy und Mrs Argyle viele der Aufgaben selbst.

Sie hatte vor einigen Wochen einer Dienstbotenagentur in London, mit der das Haus Parsley Manor bereits gute Erfahrungen gemacht hatte, geschrieben und um Vermittlung gebeten. Bewerbungen waren schnell gekommen, hatten aber nicht überzeugen können.

Die erste junge Dame fragte an, ob sie ein Zimmer mit eigenem Bad hätte, sie benötige ihre Privatsphäre. Die zweite junge Frau wollte ihren Golden Retriever mitbringen, was ein Problem mit Junior und Mortecai bedeuten würde. Also musste Mrs Argyle auch hier absagen.

Nachdem die dritte Bewerberin Grund zur Hoffnung gab und man die junge Frau zum Gespräch nach Parsley Manor eingeladen hatte, stellte sich heraus, dass sie nur an drei Tagen der Woche arbeiten wollte.

Sie wäre Mitglied einer religiösen Gemeinschaft, die ihre Aufmerksamkeit verlangte und zu deren Treffen sie an den übrigen Tagen reisen müsse, erklärte sie mit einem seltsam verklärten Blick.

Aus den Worten und Gesten der jungen Frau gewann Beanstock den Eindruck, dass sie Mitglied einer Sekte war. Dazu trug auch bei, dass sie verlangte, ihr Gehalt am Ende des Monates an ihre religiöse Gemeinschaft in London zu überweisen.

Beanstock sagte ihr sofort ab.

Mrs Argyle war kurz vor dem Verzweifeln.

Die Agentur hatte sich hundert Mal entschuldigt, nachdem man gehört hatte, was vorgefallen war. Es wäre einfach in der letzten Zeit sehr schwierig geworden, wirklich gutes Personal zu finden. Aber eine Bewerbung hätte die Agentur noch, berichtete der Leiter, Mr Brewster, ein netter Herr in den Sechzigern. Die Zeugnisse waren sehr gut, aber es gäbe wohl einen Haken, den er am Telefon nicht gern erklären wolle. Daraufhin lud Mrs Argyle die junge Dame zum Bewerbungsgespräch nach Parsley Manor ein. Sie war sehr gespannt und erklärte die Sachlage dem Butler.

Beanstock war der Meinung, man solle nicht viel auf die Bemerkung des Mr Brewster geben und sich selbst ein Bild machen. Man war gespannt.

„Bleiben wir unvoreingenommen und geben der jungen Dame eine Chance", sagte der Butler.

Am Freitag der darauffolgenden Woche klopfte es an der hinteren Küchentür. Eine ältere Dame stand davor und lächelte Phillis, die die Tür geöffnet hatte, freundlich an.

„Was bringen Sie Schönes?", fragte Phillis, da sie dachte, die Dame sei ein Lieferant, wenn sie zum Hintereingang käme.

„Ich bringe Ihnen, im besten Fall der Fälle, ein neues Hausmädchen", sagte die Dame.

Phillis sah an ihr vorbei, um das neue Hausmädchen zu sehen, da war aber niemand.

„Wie meinen Sie das?", fragte Phillis verwirrt.

„Ich habe ein Bewerbungsgespräch", meinte die Dame mit stolzem Gesichtsausdruck. Dann öffnete sie ihre große Stofftasche, der man die Jahre bereits ansah, und nahm einen Brief heraus. Sie entnahm ein Blatt Papier und faltete es langsam auseinander.

„Ich wurde gebeten, am heutigen Freitag um vierzehn Uhr zu einem Gespräch auf dem Anwesen Sir Percivals, Baronet von Parsley, zu erscheinen." Sie hielt Phillis das Blatt vor das Gesicht.

„Sehen Sie? Ich bin die Dame, die erwartet wird."

„Na sowas!", rief Phillis. Zum Glück verschluckte sie den Rest ihrer Gedanken. Sie hatte nämlich auf der Zunge, dass die Dame dort an der Tür für den Posten viel zu alt schien. Man erwartete eine junge Frau im besten Fall. Na, da würde Mrs Argyle Augen machen.

„Dann kommen Sie bitte herein. Ich werde Sie melden. Nehmen Sie einstweilen hier im Essbereich des Personals Platz", sagte das Küchenmädchen und lief kichernd an der verdutzten Mrs Porkpie vorbei durch den Flur. Sie klopfte bei der Hausdame und auf das „Herein" öffnete sie die Tür.

„Da ist die Dame für den Posten des Hausmädchens", sagte Phillis, knickste kurz und konnte sich das Grinsen nicht verkneifen.

„Was gibt es da zu lachen? Schicken Sie die Dame in mein Büro bitte und bringen Sie uns Tee. Die junge Frau hat nach der Anreise aus London sicher eine Erfrischung nötig", sagte die Hausdame. Phillis knickste erneut und ging schnellstens zurück in die Küche.

Inzwischen informierte Mrs Argyle den Butler. Die beiden sahen dem Gespräch interessiert entgegen. Sie hatten sich geeinigt, dass sie für alles offen sein wollten. Was konnte schon passieren? Die Zeugnisse, die die Agentur geschickt hatte, hatten Beanstock im Vorfeld gut gefallen. Seltsam war gewesen, dass keinerlei persönliche Daten von der Agentur übermittelt worden waren. Nun musste diese Person noch in ihre Dienstbotenfamilie hineinpassen.

Es klopfte an der Tür zu Mrs Argyles Büro.

„Kommen Sie herein!", rief die Hausdame.

Da stand die junge Dame, die nicht mehr ganz jung war. Beanstock räusperte sich.

Er schätzte sie auf etwa fünfzig. Sie war eine rundliche, kleine Person mit mausgrauem Haar, das sie sehr ordentlich zu einem Bubikopf geschnitten trug. Sie hatte ein rosiges Gesicht, in dem zwei hellgrüne Augen interessiert die Umgebung betrachteten. Die Dame trug ein etwas in die Jahre gekommenes braunkariertes Kostüm, ein langes Cape mit buntem gestricktem Rand und eine große Tasche, die aussah, als habe man sie aus einem Stück Teppich geschnitten. Trotzdem wirkte die Dame ordentlich und aufmerksam. Bis auf ihr rechtes Auge, das zuckte.

Die Hausdame schluckte.

„Oh, bitte setzen Sie sich doch. Ihr Name ist ...", sagte sie und sah auf einen Zettel. „Ihr Name ist Mairi Logan, nicht wahr? Wir haben Ihre Bewerbung und Ihre Zeugnisse vorliegen. Sie waren in nicht sehr vielen Diensten tätig. Warum suchen Sie einen neuen

Posten als Hausmädchen?", fragte Mrs Argyle und war nicht sicher, ob sie in diesem Fall wirklich Mädchen sagen sollte.

Es klopfte erneut. Phillis brachte drei Tassen, die Teekanne, Milch und Zucker. Sie stellte alles betont langsam auf den kleinen Tisch in der Mitte des Raumes, wo man Platz genommen hatte.

„Es ist gut, Phillis, wir bedienen uns selbst", sagte Beanstock eine Spur zu laut. Phillis verstand. Es hatte nicht geklappt, irgendetwas mitzuhören. Sie ging und schloss sehr langsam die Tür. Erst nachdem sich ihre Schritte auf dem Flur entfernt hatten, war Beanstock zufrieden und erhob sich, um den Tee einzuschenken.

Miss Logan war schneller. Sie hatte ihre Tasche abgestellt und griff bereits nach der Kanne.

„Bitte lassen Sie mich das machen. Ich bin etwas nervös, müssen Sie wissen, und die Aufgabe beruhigt mich."

Beanstock nickte ihr lächelnd zu.

Als alle ihren Tee hatten, setzte sie sich und begann zu erzählen. Inzwischen hatte auch ihr Auge endlich aufgehört zu zucken.

„Ich war zuletzt bei Dame Mallory angestellt. Sie wurde vor zehn Jahren für ihre Verdienste von King Georg VI persönlich geadelt. Es war eine ergreifende Zeremonie. Leider ist die Dame vor einiger Zeit verstorben. Sie war eine begnadete Opernsängerin und Gesandte des Commonwealth in aller Welt."

Miss Logan unterbrach kurz ihre Rede und schien erschüttert.

„Seitdem bin ich auf der Suche nach einer neuen Anstellung und ich muss zugeben, Sie sind meine letzte Hoffnung. Ich war fast zwanzig Jahre im Dienst der Dame Mallory und sie hatte niemals Grund zu einer Beanstandung. Bevor sie starb, hat sie mir diese Zeugnisse ausgestellt. Das hat sie für alle ihre Angestellten getan. Sie fühlte, dass es zu Ende gehen würde. Die Dame war eine wundervolle Dienstherrin."

Beanstock sah Mrs Argyle prüfend an. Er hatte sich die Zeugnisse und Beurteilungen noch einmal genommen und gelesen, während die Dame gesprochen hatte. Es gab nichts zu beanstanden. Mrs Argyle nickte ihm zu. Beanstock wendete sich an die Dame.

„Miss Logan, ich sage Ihnen wahrheitsgemäß, dass wir ein junges Mädchen einzustellen beabsichtigten. Ich bin aber von Ihren Qualitäten recht überzeugt und würde Ihnen einen Vorschlag machen. Wir stellen Sie, mit Lohn natürlich, für vier Wochen auf Probe ein und entscheiden uns dann. In diesem Zeitraum werden wir wissen, ob Sie erstens in unsere Dienstbotengruppe passen und ob sie zweitens den Arbeiten, die Sie erwarten, gewachsen sind. Da Sie eine Menge Berufserfahrung haben, würde ich mich freuen, wenn Sie bei uns blieben."

Mairi Logans Wangen röteten sich leicht.

„Wirklich, Sir? Oh. Ich würde mich sehr freuen, wenn ich Ihren Erwartungen am Ende der vier Wochen entsprechen könnte. Es würde mich mit Stolz erfüllen, zum makellosen, sauberen Erscheinungsbild dieses wunderschönen Hauses beitragen zu dürfen. Spiegel putzen, Teppiche ausklopfen, Betten machen und Wäsche legen, Staub wischen und Silber polieren, ich kenne mich mit dem Tätigkeitsfeld eines

Hausmädchens genau aus."

„Da bin ich ganz sicher, Mairi. Aber zum Glück klopfen wir keine Teppiche mehr aus. Sir Percival und Lady Fedora sind ein sehr modernes Paar. Wir besitzen einen Staubsauger", sagte Mrs Argyle. „Sie sind einverstanden, dass man Sie mit dem Vornamen anspricht?"

Mairi nickte.

„Nun noch ein paar Anweisungen", erklärte Mrs Argyle.

„Sie werden hier im Haus ein Zimmer bekommen. Für die weiblichen Dienstboten gibt es ein großes, eigenes Bad. Es sind nicht viele Angestellte hier. Sie werden bemerken, dass Sir Percival auf einen großen Haushalt bewusst verzichten wollte. Natürlich erhalten Sie Arbeitsbekleidung von uns gestellt. Wir reden gleich noch darüber. Ihre Aufgaben des Tages erhalten Sie direkt von mir oder von Mr Beanstock.

In der Weihnachtszeit oder zu größeren Festen werden zusätzliche Hilfen eingestellt. Sie müssen keine Angst haben, wir schaffen alle zusammen eine ganze Menge. Für den Raum von Lady Fedora ist Lizzy, die persönliche Zofe My Ladys, zuständig. Sie werden sie kennenlernen. Da sie vorher unser Hausmädchen war, wird sie Ihnen gern in der ersten Zeit behilflich sein.

Die Mahlzeiten werden zu festgelegten Zeiten im Essraum neben der Küche eingenommen. Ich habe eine Liste für Sie vorbereitet. Die Sonntage sind frei. Sie können jederzeit nach einem freien Tag anfragen. Haben Sie noch irgendwelche Fragen?"

„Ich danke Ihnen. Das ist alles, was ich zu sagen

habe. Ich habe nicht mehr daran geglaubt, eine neue Stellung zu finden. Alle meinten, ich sei zu alt. Aber Sie werden sehen, ich bin gesund und tatkräftig", sagte Mairi. Die Freude, endlich angekommen zu sein, sprach aus ihren Augen.

„Schön. Dann sollten Sie zurück nach London fahren und Ihre persönlichen Angelegenheiten klären. Wir erwarten Sie in den nächsten Tagen hier auf Parsley Manor", sagte Mr Beanstock und erhob sich.

Mairi Logan stand ebenfalls auf und griff nach ihrer Tasche.

„Darf ich noch etwas sagen?", fragte sie vorsichtig. Beanstock nickte.

„Mein Koffer steht am Bahnhof. Wenn ich diese Stellung nicht bekommen hätte, wäre ich schnurstracks nach St. Applewood zu meinen uralten, schottischen Tanten gefahren. Das kleine Zimmer in London habe ich bereits gekündigt. Wäre es ein Problem, wenn ich sofort mit der Arbeit beginne?" Mairi sah ihre beiden neuen Vorgesetzten fragend an. Ihr Auge begann erneut zu zucken. Scheinbar kam es immer dazu, wenn sie nervös wurde. *Ein liebenswerter Tick*, dachte sich die Hausdame, *das ist zu verwinden.*

„Das Gegenteil ist der Fall, Mairi. Wir brauchen dringend Ihre Hilfe. Mrs Argyle zeigt Ihnen das Zimmer und unser Chauffeur wird Ihren Koffer vom Bahnhof abholen. Bitte, Mrs Argyle, kümmern Sie sich um unser neues Mitglied. Im Moment haben wir einen Kranken im Haus. Die Hausdame wird Ihnen alles Nötige mitteilen. Willkommen auf Parsley Manor, Mairi Logan", sagte Beanstock, neigte den

Kopf und ging in den Salon, um Lady Fedora zu informieren.

So kam Mairi Logan, geboren in einem winzigen Dorf in Schottland, nach Parsley Field. Sie wurde herumgeführt und allen Mitgliedern des Haushalts vorgestellt, Lady Fedora hieß sie im Haus willkommen, auch im Namen ihres Gatten und Luci hatte sie nach einer Woche bereits ins Herz geschlossen. Sie erinnerte das Mädchen an ihre verstorbene Großmutter, die viel zu früh gegangen war.

Beanstock hatte auch nach vier Wochen keinen Grund, mit seiner Entscheidung zu hadern, und stellte Mairi fest ein. Mit ihrem hübschen grünen Hausmädchenkleid und der blütenweißen Schürze sah die rundliche Mairi sehr gut aus und fühlte sich in Parsley Manor angekommen. Sie verstand sich mit jedem gut, sogar mit dem manchmal recht maulfaulen Knecht Harrison. Irgendwie fand sie immer die richtigen Worte.

Mrs Porkpie war das neue Hausmädchen sofort sympathisch gewesen. Nun sah man an den Abenden, wenn das Geschirr gespült und die Aufgaben im Haus erledigt waren, die beiden Frauen oft unter der großen Eiche im Gemüsegarten sitzen und über längst vergangene Zeiten reden. Mrs Porkpie berichtete von den Fällen des Butlers und Mairi von ihren Abenteuern mit der Operndiva Dame Mallory. Manchmal gesellte sich dann Mortecai zu den Damen und miaute so lange, bis er zwischen den beiden sitzen durfte und gekrault wurde.

Ein großes Plus hatte Mairi bei Mr Beanstock auf

jeden Fall bekommen. Am ersten Tag, nachdem Mrs Argyle Mairi geholfen hatte, den Koffer auszupacken, hatte die Hausdame einen ganzen Packen Bücher aus dem Koffer hervorgeholt und auf die kleine Kommode im Zimmer gestellt. Ein Blick auf die Titel hatte sie zum Staunen gebracht.

„Sie lesen auch Agatha Christie?", hatte sie das neue Hausmädchen gefragt.

„Sie schreibt so wunderbare Krimigeschichten. Ich liebe es, in ihren Büchern zu schmökern. Natürlich in meiner Freizeit", hatte Mairi noch schnell hinzugesetzt.

Diese Dame passt sehr gut zu uns, hatte Beanstock gedacht, als Mrs Argyle ihm schmunzelnd davon berichtet hatte.

Die Spieluhr

Lady Mildred Berrisforce, ihres Zeichens Gattin des erlauchten Sir Frederick, Earl of Berrisforce, Träger des traditionsreichen Distelordens, vergeben 1950 von seiner Majestät Georg VI. persönlich, auf diesen Zusatz legte die Dame Wert, saß kerzengerade in ihrem Bett und spitzte die Ohren. Eine dicke Zornesfalte trat zwischen ihre Augen.

Das Telefon hörte nicht auf zu klingeln.

„Was um Himmels willen soll das schon wieder?", rief sie und nahm den Hörer von der Gabel.

„Was ist denn? Frechheit, mich mitten in der Nacht zu stören! Das wird ein Nachspiel haben!", schrie sie zornig in die Hörmuschel.

Der plötzlich aus dem Telefonhörer kommende, zarte Ton schwang durch die nächtliche Stille des Zimmers wie ein Stück aus einer anderen Welt. Der Ton schien aus der Zeit gefallen zu sein. Einst sollte er Kindern beim Einschlafen helfen, aber nun schien er einer Drohung zu gleichen. Das Klickklack und das Knistern einer wohl sehr alten Spieluhr verzerrten das zarte Schlaflied und eher bekam man einen kalten

Schauer über den Rücken gejagt, als dass es beruhigen könnte.

Es war nicht das erste Mal, dass My Lady zu später Stunde erwachte. Nicht immer war ihr ein erholsamer Schlaf vergönnt. Sie drückte auf den Schalter der Nachttischlampe und sah auf ihre Armbanduhr, die auf dem Nachttisch lag. Sie verdrehte die Augen. Drei Uhr in der Frühe. „Frechheit", murmelte sie und knallte den Hörer zurück auf das Telefon.

Lady Berrisforce war fünfzig Jahre alt.

Im Moment trug sie das blond gefärbte Haar zu einem Lockenwicklerturm eingedreht und ihr Gesicht war mit einer dicken Cremeschicht überzogen. Das sah nicht sehr schön aus und jeder, der sie so sehen würde, würde schreiend davonlaufen. Aber sie bildete sich ein, dass diese Maßnahmen ihre Schönheit erhalten würden. Wahrscheinlich waren diese auch der Grund ihrer Schlafstörungen.

Nach ihrer Morgentoilette würde ihr Gesicht wieder in makellosem Zustand erleuchten, das Haar in weichen Wellen bis auf die Schulter fallen und ihre Fingernägel vorschriftsmäßig gepflegt und rosafarben bemalt sein. An jedem Morgen malte sie ihr Gesicht neu. Ihr Aussehen führte die Dame auf ihre nächtliche Tortur zurück. Denn mit diesem Turm aus Lockenwicklern und der Cremeschicht im Gesicht zu schlafen, war eine Kunst für sich.

My Lady beugte sich zum Nachttisch hinüber und tastete nach der Klingel neben ihrem Bett. Sie fand sie und drückte energisch auf den Knopf. Nun sollte es ihre Zofe gehört haben und zu ihr eilen. Sie wartete, die Arme zornig verschränkt. Es geschah nichts.

Auch nach weiteren zehn Minuten und einem erneuten Druck auf den Knopf ließ sich niemand blicken. Wie konnte ihre Zofe Norma schlafen, wenn My Lady wach war? Es gab einfach kein gutes Personal mehr.

Sie warf ihre Bettdecke mit Schwung zur Seite, schlüpfte in die rosafarbenen Plüschpantoffeln und nahm vom Stuhl neben dem Bett den rosafarbenen Seidenmorgenmantel. Lady Mildred zog den Mantel an und verknotete mit einer zornigen Bewegung den Gürtel. Sie reckte den Kopf, ging zur Tür und öffnete sie leise. Niemand sonst schien etwas gehört zu haben. Der Hotelflur lag verlassen im Schein des Mondes. Lady Mildred machte sich auf den Weg zur Rezeption. *Wahrscheinlich hat der Nachtwächter Langeweile und macht sich einen Spaß mit mir. Das wird ihm nicht gut bekommen*, dachte die Dame. Dass sie mit den Lockenwicklern und der Cremeschicht auf dem Gesicht zum Fürchten aussah, kam ihr dabei nicht in den Sinn.

Der Flur bestand aus einer langen Flucht, ein Zimmer am anderen. Lady Mildred Berrisforce wohnte in Nummer zwölf, einer Suite mit Wohn- und Schlafzimmer sowie einem Bad. Auf der gegenüberliegenden Seite des Flurs gab es große Sprossenfenster, die zum Park hinausgingen. Da der Mond hell und rund am Himmel stand, konnte My Lady etwas sehen. Die Lampen im Flurbereich des Hotels wurden nachts gelöscht. Es gab eine schwache Notbeleuchtung.

Als sie am Absatz der breiten Treppe angekommen war, den Fuß bereits auf die erste Treppenstufe nach unten gesetzt hatte, hörte sie erneut die Spieluhr, leiser und weiter entfernt, aber immer noch hörbar. Es kam nicht aus dem Erdgeschoss, wo sich die Rezeption befand.

Ihr Gehör war immer schon sehr gut gewesen. Ihr Gatte telefonierte deshalb in ihrem Zuhause fast ausschließlich im Flüsterton, wenn er sie in der Nähe wähnte.

Besonders gern belauschte My Lady die Gespräche ihres Personals daheim in Kent. Manch ein Angestellter hatte seine Koffer packen müssen, weil die Dame etwas mitangehört hatte, was ihr nicht zugesagt hatte. Seitdem war es sehr still geworden auf *Raven Woodhouse* in der Grafschaft Kent.

Die Musik kam aus der nächsten Etage.

„Sicher aus dem Zimmer dieser unmöglichen Duchesse Marilyn, angeheirateter Adel, was erwartete man davon schon?", sagte die Dame leise.

Sie folgte dem Ton. Das Lied kam ihr bekannt vor, der Titel fiel ihr im Moment nicht ein. Das war auch vollkommen unwichtig, sie wollte endlich Ruhe haben.

Lady Mildred ging über die breite Marmortreppe nach oben zur zweiten Etage. Die Musik ertönte von noch weiter oben. Sie pustete laut ihre Atemluft aus.

„Ich hätte zuerst an der Rezeption anrufen sollen. Der Hausmeister hätte sich darum kümmern können", flüsterte sie. Aber nun war sie schon einmal hier und wollte den Störenfried finden. Morgen, nein heute, würde sie von Mrs Fortescue einen Preisnachlass verlangen. Schließlich bezahlte sie nicht gerade wenig für diesen Kuraufenthalt. Da wäre nächtliche Ruhe wohl nicht zu viel verlangt. Die Aussicht, etwas zu sparen, zauberte ihr sofort ein Lächeln auf das Gesicht.

Ihr Gatte, Sir Frederick Berrisforce, hatte sie zu dieser Reise gedrängt. Er war im Moment in diplomatischer Mission in Indien und hatte gemeint: „Mildred, Darling, das wird dir guttun. Deine Nerven sind überbeansprucht. Bath war schon zu Zeiten einer Jane Austen als Ort für eine exklusive Trinkkur bekannt. Warum sollte eine Lady Berrisforce dies nicht in Anspruch nehmen?"

Also hatte sie ihre Zofe angewiesen, zehn von ihren vielen Koffern zu packen. Sie wollte mit kleinem Gepäck anreisen. Am Zweiten des Monats hatte sie dann mit ihrer Zofe Norma die Reise von ihrem Stammsitz in Kent nach Bath angetreten.

„Norma, du Unheilsmensch. Na warte, wenn ich dich erwische", murmelte sie vor sich hin und stieg über die nächste Treppe ins nun bereits dritte Obergeschoss.

Sie wusste, dass es dort oben keine Gästezimmer mehr gab. Dort waren die Unterkünfte des Personals. Eine Lady ihres Standes würde diesen Bereich im Normalfall niemals betreten. Aber sie ließ nicht davon ab und würde der Sache auf den Grund gehen.

„Das wird ja immer besser. Wahrscheinlich ist es jemand von diesen unfähigen Dienstboten. Ich werde mich bei Mrs Fortescue beschweren", zischte sie zwischen ihren blendend weißen Zähnen hervor. Mrs Fortescue war die Hausdame in diesem exklusiven Kurhotel.

Am Ende der letzten Treppe war ein langer Flur.

Zuerst überlegte Lady Mildred, dass sie ihre unfähige Zofe wecken könnte, aber sie kannte die Zimmernummer nicht. Warum hätte sie sich die Nummer auch merken sollen? Es war vollkommen unwichtig, wo ihr Personal schlief.

Unschlüssig stand die Dame einen Moment auf dem Treppenabsatz.

An der Wand gegenüber stand ein wahres Ungetüm von einem alten Wäscheschrank. Rechts neben dem Schrank war eine Tür. Diffuses Licht fiel durch einen Spalt auf den Flur. Lady Mildred Berrisforce kniff die Augen zusammen. Sie konnte kaum etwas erkennen. Da war die Musik wieder. Woher kannte sie die Melodie? War es nicht ein altes Schlaflied? Die Musik kam von jenseits dieser Tür. Sie stieß sie mit dem Fuß auf. Ihre exzellent manikürten Hände durften keinen Schaden nehmen.

Dahinter konnte man einen engen Gang gerade noch erkennen. Vorsichtig betrat sie den Flur. Denn nun war sie neugierig geworden.

Ihre Hand glitt vorsichtig über Wände, die sich seltsam anfühlten. Was war das für Material? Die Wände schienen aus dicken Papierbündeln zu bestehen. Ab und zu erkannte sie im diffusen Schein der Deckenlampen riesige Zeitungsstapel. Dazwischen lugten Gegenstände aus den Stapeln hervor, alte Schirme, rostige Schlüssel, Kleiderbügel und Kram aller Art. Sie schüttelte sich angewidert.

Sie würde in ihr Zimmer zurückkehren und sich am Morgen einmal intensiv mit der Hausdame unterhalten. Inzwischen hatte die Spieluhr aufgehört, diese grauenhafte Melodie aus ihrem hölzernen Kasten in die Welt zu schicken.

Sie nickte befriedigt, drehte sich um und wollte durch den Flur zurückgehen.

Mit einem Knall fiel die alte Holztür ins Schloss und der Schrank schwang lautlos an seinen Platz im Flur.

Norma klopfte zum wiederholten Mal an der Tür mit der Nummer zwölf. In den Händen trug sie ein kleines Tablett mit einer Tasse Tee darauf. Sie sah auf ihre Uhr. Es war Punkt acht Uhr. My Lady wollte immer um diese Stunde geweckt werden. Norma seufzte. Was war heute wieder mit dieser Frau los?

Sie öffnete langsam die Tür, betrat die Suite und stellte das Tablett auf einem Tisch ab. Danach ging sie zu den hohen Fenstern und zog die schweren Vorhänge zurück. Licht flutete in das Zimmer.

„Möchten My Lady jetzt ihr Frühstück oder gedenken Sie heute wieder im Speisesaal zu essen?", fragte sie. Sie ging zu dem großen Bett, über dem sich ein großer Baldachin erhob.

„My Lady?", fragte sie. Dann sah sie, dass ihre Herrin gar nicht im Bett lag. Das war neu. War sie etwa bereits im Bad? Norma ging zu einer der anderen Türen und klopfte.

„Lady Mildred?"

Es kam keine Antwort. Also öffnete Norma vorsichtig die Tür. Das Bad war leer.

Norma sah sich erneut im Schlafzimmer um. Die Pantoffeln und der Morgenmantel waren verschwunden.

Die Zofe lächelte.

Hatte sich My Lady etwa auf ein Abenteuer eingelassen? Vielleicht mit diesem seltsamen Admiral McKenzie, der ihr dauernd schöne Augen machte. Norma kicherte und begann das Bett zu richten. Dann sah sie erneut auf die Uhr. Es war acht Uhr dreißig und im Erdgeschoss versammelten sich langsam die Gäste des Hauses zu ihrer ersten Mahlzeit.

Norma ging hinunter in den Speisesaal und sah sich um. Der Admiral saß an seinem angestammten Platz, wie immer kerzengrade auf dem Stuhl und die Zeitung vor dem Gesicht. Lady Mildred war nicht hier.

Mrs Fortescue erschien in der Tür und sah Norma fragend an.

„Gibt es ein Problem, junge Dame?", fragte sie und richtete dabei ihre runde Brille zurecht.

„Ich kann My Lady nicht finden. Sie ist nicht in ihrem Zimmer und auch nicht hier beim Frühstück."

Langsam bekam ihre Stimme einen panischen Unterton.

Mrs Fortescue, die Hausdame, räusperte sich, zog ihre graue Kostümjacke zurecht und winkte Norma, ihr zu folgen. Die beiden Frauen sahen sich erneut im Zimmer der Lady um, dann im angrenzenden Flur, dann in den anderen Etagen, dann liefen die beiden in den Dienstbotenbereich und befragten das Personal. Niemand hatte die Dame gesehen.

„Sehen wir im Garten nach. Vielleicht wollte sie einen Morgenspaziergang unternehmen", sagte Mrs Fortescue.

„Im Morgenmantel und mit Pantoffeln?", fragte

Norma mit heiserer Stimme. Ihr war inzwischen furchtbar übel im Magen und das Blut war aus ihrem Gesicht gewichen.

Die Hausdame räusperte sich.

„Ich habe schon seltsamere Dinge erlebt. Nicht wahr? Als ich noch in dem *Sunny Palm* Seniorenheim in Brams angestellt gewesen war, hatten wir einen Herrn zu Gast, der jeden Morgen Punkt sechs Uhr nackt durch den Park sprang und dabei ein Lied trällerte. Manchmal lief er den gesamten Tag unbekleidet im Haus herum. Es war ein Desaster mit diesem Mann. Ich war so glücklich, diesen Posten hier in Bath bekommen zu haben und nun dieser Vorfall." Die Hausdame verdrehte die Augen angewidert.

Aber auch die Suche im angrenzenden Garten ergab nichts. Mrs Fortescue rief die Hausangestellten zusammen, die im Moment nicht mit dem Frühstück der Gäste beschäftigt waren.

„Wir suchen jetzt intensiv Haus, Garten und Park ab. Diskret bitte!"

Die Angestellten schwärmten aus. Man könnte sagen, jeder Stein wurde zweimal umgedreht und im Haus kletterte der Gärtnergehilfe Jordan bis unter das Dach. Das war nicht so einfach. Er musste bis in die oberste Etage gehen, vorbei an dem großen Wäscheschrank, durch den langen Flur, wo sich die Dienstbotenräume befanden, über eine Leiter durch eine winzige Luke und dann gebückt durch den Dachraum laufen. Eigentlich wusste er, dass die Dame hier oben nicht sein könnte, aber Mrs Fortescue hatte es angeordnet. Nichts außer ein paar Wollmäusen und einer verendeten echten Maus.

„Kann dich gut verstehen, mein Kleiner. Ich würde hier auch lieber verschwinden. Natürlich nicht auf dem Weg, den du genommen hast, mein Freund. Na komm, bekommst einen Platz im Garten", sagte Jordan der toten Maus und griff nach ihrem Schwanz.

Als er zurück nach unten kam, kräuselte Mrs Fortescue die Nase, als sie die tote Maus sah. Sie wedelte mit der Hand.

„Entfernen Sie das, Jordan."

Der junge Mann nickte und brachte das Tier hinaus.

Keine Spur von Lady Mildred Berrisforce.

Am Nachmittag dieses Tages standen Polizeiwagen vor dem Kurhotel *Viscount Horatio Nelson* und Polizisten strömten aus, um erneut nach der vermissten Dame zu suchen.

Nichts.

Lady Mildred Berrisforce blieb verschwunden.

Norma weinte sich die Augen rot. Nicht, weil sie die Lady überaus gemocht hätte, sondern da sie nun Angst bekam, dass ihr Posten als Zofe verloren war.

Der Earl of Berrisforce saß zwei Tage später, an einem sonnigen Maitag, mit einer Tasse Tee in seiner Hand im Salon des Kurhotels und hörte den Bericht des Inspectors und der Hausdame.

„Könnten Sie sich vorstellen, dass Ihre Gattin, nun wie soll ich es ausdrücken, davongelaufen ist?", fragte Inspector Braddock von der Kriminalpolizei Bath. Dabei versuchte er seinen Kragen zu lockern, der ihm zu eng schien.

„In rosa Pantoffeln und Seidenmorgenmantel",

flüsterte Norma, die blass und verwirrt im Hintergrund stand.

Sir Frederick sah den Polizisten strafend an.

„Was erlauben Sie sich! Meine Frau würde doch nicht weglaufen!", rief er entsetzt und rückte seine rosafarbene Fliege zurecht. Der Herr liebte Farben jeglicher Art an seiner Bekleidung. Mrs Fortescue war am Morgen unangenehm berührt gewesen, als der Earl mit einem hellgrünen Anzug, der rosafarbenen Fliege und dunkelgrünen Schuhen aus seinem Wagen gestiegen war.

Das Verschwinden der Dame blieb ein Rätsel.

Willkommen in Bath

Sir Percival hatte sich so weit erholt, dass er allein aufstehen konnte. Er war wieder fast der Alte, bis auf den fehlenden kleinen Bauchansatz. Aber Mrs Porkpie gab sich alle Mühe, um seinem Bauch wieder das alte Aussehen zu verschaffen.

Lord und Lady Southcoffelton waren in jeder Woche auf Parsley Manor gewesen, um sich nach dem Zustand ihres Freundes zu erkundigen. Sogar Professor McGregor war kurz aus London angereist, weil er sich um seinen alten Freund gesorgt hatte. Aus dem entfernten Edinburgh kamen Pakete über Pakete mit schottischen Leckereien. Sir Percival war gerührt über so viel Anteilnahme.

Mit seinem geplanten Kuraufenthalt in Bath konnte er sich allerdings noch nicht anfreunden und erfand immer neue Ausreden, um die Planung von Tag zu Tag zu verschieben. So kam es, dass der jährliche Parsley-Field-Blumencup vor der Tür stand und noch immer kein Termin für die Reise nach Bath festgelegt war.

Dann wurde es Lady Fedora zu bunt. Sie schlug in

Gedanken auf den Tisch. Das würde sie als Lady natürlich nicht wirklich tun, aber den Gedanken ließ sie kurz zu. Es half ihr, nun rigoroser gegenüber ihrem Gatten zu werden.

„Percy, Darling, jetzt ist Schluss mit deinen Ausreden. Es ist bereits Mai. Du siehst, wohin dein Zaudern uns gebracht hat. Ich werde in der nächsten Zeit unabkömmlich sein. Die Vorbereitungen für den Blumencup nehmen mich vollkommen in Anspruch. Ich habe soeben Beanstock beauftragt, ein Zimmer für dich zu buchen. Keine Widerrede, du fährst, der Arzt hat es verschrieben!", rief My Lady etwas lauter als von ihr gewollt. Sie griff zu der Hand ihres Gatten.

„Sieh mal, Darling, es ist doch zu deinem Besten", fügte sie versöhnlich hinzu.

„Wenn du meinst, Liebes? Na gut, aber kommst du nicht mit?", fragte kleinlaut Sir Percival.

„Ich werde nach Beendigung des Blumencups zu dir eilen, versprochen. Beanstock wird dich begleiten, keine Frage", sagte sie und klingelte nach dem Butler.

Beanstock betrat den Salon, in dem die Baronets beim Tee saßen, und verbeugte sich.

„My Lady, die Zimmer im *Viscount Horatio Nelson* sind gebucht, wir reisen in zwei Tagen ab. Bitte machen Sie sich keine Sorgen. Ich werde gut auf Sir Percival achten. Gonzales wird uns nach Bath bringen und danach zurückkehren", erklärte Beanstock.

Zwei Tage später fuhr Gonzales durch ein breites, offenes Tor mit zwei riesigen Steinsäulen links und rechts auf die kiesbestreute Zufahrt zum Kurhotel.

Ein dunkelgrünes Schild hatte am Eingang verkündet, dass der geneigte Besucher sich nun dem traditionsreichen Anwesen der Adelsfamilie Pomeroy mit dem Namen *The Viscount Horatio Nelson* näherte.

Entlang gepflegter Rabatten führte der Weg durch einen weitläufigen Park. Zwei Gärtner waren auf dem Gelände mit Gartenarbeiten beschäftigt und ließen sich von der Ankunft des neuen Gastes nicht stören.

Am Ende des Weges stand ein eleganter Prachtbau aus der georgianischen Zeit mit allem, was dieser Architekturstil hergab; einem symmetrischen Grundriss, aufgesetzten klassischen Säulen, Pilastern, Zierbögen über den Sprossenfenstern und einer breiten Freitreppe am Eingang, die auf zwei riesige helle Türen zuführte. Über den Türen gab es halbrunde Oberlichter mit farbigen Glasscheiben, auf denen das Wappen der Pomeroys abgebildet war.

Sir Percival stöhnte.

„Und das ohne meine Gattin. Ihr würde das Haus sicher gefallen. Sie liebt diesen Architekturstil. Die Pomeroys müssen sehr wohlhabend gewesen sein, habe im Adelskalender nachgesehen, die Familie ist fast ausgestorben. Es gibt noch zwei Schwestern, die hier aus ihrem Heim ein Kurhotel gemacht haben", erklärte der Baronet nicht in seiner polternden, fröhlichen Art, sondern eher leise und zurückhaltend.

Die beiden Herren im Fond des Wagens sahen sich an. Sir Percival musste dringend aufgeheitert werden, sprach aus ihren Blicken.

Als der Bentley vor dem Eingang angehalten hatte, sprang Beanstock aus dem Wagen und öffnete die hintere Tür für den Baronet.

In der offenen Tür des Hotels erschien ein Page in einer dunkelblauen Uniform, lief im Laufschritt die Treppe herab und griff zu den ersten Koffern, die Gonzales aus dem Kofferraum auf den Kies gestellt hatte. Der junge Mann lief über die breite Treppe zurück und verschwand im Inneren des Hauses.

Eine streng wirkende Dame kam Sir Percival mit ausgestreckter Hand entgegen. Der Baronet fühlte sich in seine Schulzeit zurückversetzt. Die Dame erinnerte ihn an seine alte Klassenlehrerin.

„Willkommen in Bath, Sir. Mein Name ist Mrs Gardenia Fortescue. Ich bin die Hausdame des Kurhotels. Sir Percival aus Parsley Field, nicht wahr? Wir haben Sie erwartet. Ihre Suite steht zu Ihrer Verfügung und ich bin sicher, Sie werden sich hier wohlfühlen. Nicht wahr? Bitte kommen Sie herein, Sir." Die Dame bedachte den Baronet mit einem strengen Blick. Ihr graues Haar, das sie zu einem engen Knoten frisiert trug, ließ ihr Gesicht länglich und überaus straff erscheinen.

Gonzales fragte sich mit einem Blick auf die Dame, ob ihr Gesicht am Abend, wenn sie den Haarknoten entfernte, in sich zusammenrutschen würde. Er schüttelte den Kopf, um dieses seltsame Bild aus dem Kopf zu verbannen.

Sie trug ein graues Kostüm und graue Schuhe. Gardenia Fortescue hatte die seltsame Angewohnheit, an ihre gesprochenen Worte des Öfteren ein *nicht wahr?* anzuhängen, was sie gar nicht mehr bemerkte. So hatten die anderen Dienstboten im Haus, die ansonsten durch die strenge Art der Hausdame nicht viel zu lachen hatten, wenigstens eine Sache, die sie heiter stimmte. Der Gärtnergehilfe Jordan konnte sie ganz gut imitieren und brachte das Küchenpersonal, wenn es von Seiten der Hausdame Kritik gegeben hatte, schnell wieder zum Lachen. Er war der Sonnenschein im Haus und mit seinem lockigen tiefschwarzen Haar ein hübscher Bursche noch dazu.

Die Hausdame betrat mit Sir Percival die große Eingangshalle und geleitete ihn zur Rezeption. Beanstock und Gonzales folgten mit den restlichen Koffern. Man trug sich in das Gästebuch ein und Beanstock übernahm die Zimmerschlüssel.

Eine Suite für den Baronet und ein Zimmer in der oberen Etage für Beanstock. Dort gab es einige Schlafmöglichkeiten, die den mitreisenden Dienern und Zofen vorbehalten waren. Einige der Angestellten des Hotels wohnten dort ebenfalls.

Sir Percival folgte dem Pagen, der ihn in seine Suite Nummer dreiundzwanzig in der zweiten Etage brachte. Beanstock und Gonzales halfen mit den Koffern und Taschen. Der Page Nummer eins, Gregor, öffnete die Tür und bat den Baronet, einzutreten. Eigentlich gab es momentan nur diesen einen Pagen, aber es hörte sich professioneller an, wenn man ihn als Nummer eins vorstellte. So schien es, als könnte noch eine ganze Schar von Pagen im Hintergrund lauern.

Das erste Zimmer, der Salon, war hell und gemütlich mit einem kleinen Kamin, vor dem bequeme Sessel standen. Die Fenster gingen allesamt auf den Park und den Eingang des Hotels hinaus. Es gab einen Erker mit einem runden Tisch und vier Stühlen. Rechts führte eine Tür in den Schlafbereich mit einem großen Doppelbett, über dem ein Baldachin hing. Dahinter gab es ein gut ausgestattetes Bad. Beanstock begutachtete die Sauberkeit und den Zustand der Betten, das war stets seine erste Handlung. Nichts war schlimmer als feuchtes Bettzeug oder ein schmutziges Bad. Hier machte er keine Kompromisse.

Er war zufrieden mit dem Zustand der Räume.

Der Schrank im Schlafzimmer, ein Ungetüm aus Eiche mit zahlreichen Schnitzereien, hatte eine angenehme Größe, sodass die Bekleidung des Baronets nicht Schaden nehmen sollte. Beanstock begann sofort auszupacken, nachdem der Page Gregor ein Trinkgeld von ihm erhalten hatte und gegangen war. Er wollte unangemessene Knitter an den Anzügen seines Herrn vermeiden. Regel siebenundzwanzig durfte hier durchaus angewendet werden. *Saubere, knitterfreie Kleidung erfreut den Träger und die Baronets.* Das galt in hohem Maße für die Bekleidung seiner Herrschaft.

Inzwischen stand Sir Percival an einem der großen Fenster im Salon und blickte traurig auf den Park hinaus. Er vermisste seine Gattin. Sir Percival hatte zwar schon mehrmals Reisen ohne Lady Fedora unternommen, aber seit seiner schweren Erkrankung war er in Gefühlsdingen empfindlicher geworden.

Gonzales stand neben Beanstock und drehte nervös seine Mütze in den Händen.

„Werden Sie denn ohne mich zurechtkommen? Versuchen Sie nicht schon wieder, einen Fall zu konstruieren, jedenfalls nicht ohne mich. Sie sollten mit dem Detektivieren warten, bis ich wieder hier bin", sagte er traurig.

„Das Wort Detektivieren gibt es nicht, Señor Gonzales. Und wenn es sich irgendwie machen lässt, werde ich mich voll und ganz auf die Belange und die Gesundheit des Baronets konzentrieren. Ich möchte noch abschließend darauf hinweisen, dass ich persönlich diese Fälle nicht konstruiere, diese Kriminalfälle sind in der Vergangenheit einfach passiert und ich war zufällig in der Nähe", sagte Beanstock leicht verschnupft.

„Hat Ihr großes Vorbild, Monsieur Poirot, nicht auch gesagt, dass er zufällig in der Nähe war?", fragte Gonzales.

„Nicht, dass ich wüsste. Den großen Poirot ruft man, wenn es Probleme gibt, einen Mord aufzuklären. Die Annahme, wo er auftaucht, würden die Mordopfer wie Blätter von den Bäumen fallen, ist vollkommen übertrieben. Mrs Christie hat das sicher nicht so gemeint", antwortete Beanstock. Er räusperte sich hörbar und hängte den nächsten Anzug sorgfältig in den großen Kleiderschrank.

„Wenn Sie mich nicht mehr brauchen, werde ich jetzt gehen", sagte der Chauffeur. Er verabschiedete sich und verließ die beiden Herren.

Sir Percival sah aus dem Fenster des Salons, dem davonfahrenden Bentley nach. Er seufzte.

„Sir, ich habe Ihnen frische Kleidung herausgelegt. Es ist jetzt siebzehn Uhr. In einer Stunde wird unten im Restaurant das Abendessen serviert. Wenn Sie mich im Moment nicht benötigen, würde ich meinen Koffer auf mein Zimmer bringen und mich frisch machen. Ich bin in einer halben Stunde zurück und begleite Sie nach unten", sagte Beanstock.

Sir Percival nickte und drehte sich dann wieder zu dem Fenster um.

Beanstock neigte knapp den Kopf, nahm seinen Koffer und ging hinauf in die dritte Etage.

Er ging an einem Wäscheschrank mit wundervollen Schnitzereien vorbei, einen langen, schwach beleuchteten Flur entlang, an dem sich links und rechts ein Zimmer an das andere reihte. Beanstock sah kurz auf die Nummer seines Zimmers. Sie stand auf einem kleinen Metallschild, das am Zimmerschlüssel befestigt worden war. Dadurch war er einen Moment abgelenkt und bekam einen Schreck, als die Tür, vor der er gerade stand, plötzlich aufgerissen wurde. Eine junge Dame kam aus dem Zimmer gelaufen und hätte ihn fast umgeworfen. Beanstocks Koffer fiel krachend zu Boden.

„Das tut mir sehr leid, Sir", sagte das junge Mädchen und kicherte hinter vorgehaltener Hand. Wie von Geisterhand fiel hinter der jungen Frau die Tür zurück ins Schloss. Sie bekam rötliche Flecken auf den Wangen, rückte ihr verrutschtes Häubchen zurecht und kicherte erneut.

Beanstock vermutete, dass in dem Zimmer ein Treffen unter Liebesleuten stattgefunden hatte. Er hätte fast eine seiner Regeln zitiert, konnte sich aber zum Glück noch bremsen. In einem fremden Haus war das unangebracht.

Also griff er zu seinem Koffer, nickte der jungen Frau mit ernster Miene zu und ging weiter.

Zimmer Nummer zwanzig war sein Zimmer.

Beanstock schloss auf und stand in dem einzigen

Raum. Es gab ein einfaches Bett, einen Stuhl, einen Kleiderständer und in der Ecke ein Waschbecken mit einem Spiegel darüber. Nicht sehr einladend. Beanstock vermutete, dass der Besitzer für die mitgereisten Dienstboten nicht zu viel investieren wollte. Es sollte für seine Belange genügen. Wahrscheinlich gab es auf der Etage ein zusätzliches Bad für die männlichen Dienstboten. Zumindest war das seine Hoffnung.

Er packte in Windeseile den Koffer aus, machte sich frisch und zog ein frisches Hemd an. Seine Anzüge musste er auf einen Bügel an einen Kleiderständer hängen. Nicht sehr angenehm, aber wenigstens gab es genügend Bügel.

Ein letzter Blick in den winzigen Spiegel, dann ging Beanstock zurück zu Sir Percival.

Nachdem der Butler dem Baronet beim Ankleiden geholfen hatte, begleitete er Sir Percival in den Speisesaal.

Auf dem Weg nach unten trafen die beiden einen älteren Herrn, der sich ihnen als Admiral ade McKenzie vorstellte, ein weißhaariger Mann in den Sechzigern, der einen seltsam schwankenden Gang hatte.

„Haben Sie Gleichgewichtsprobleme?", fragte Sir Percival, nachdem er sich vorgestellt hatte. „Ich möchte nicht indiskret sein. Soll mein Butler Ihnen helfen?" Vielleicht war der gute Mann deshalb zur Kur in Bath.

Der Admiral lachte schallend.

„Das habe ich meinem Beruf zu verdanken. In den letzten vierzig Jahren war ich mehr auf dem Wasser als an Land. Die schwankenden Bohlen eines Schiffes sind mein Metier. Habe keine Familie, ist auch besser so. Bin eine richtige Meeresschildkröte, werde hundert Jahre und mehr, wenn man mich in der Nähe des Meeres lässt", erklärte der alte Seebär laut polternd.

Sir Percival lächelte. Beanstock war froh darüber. Hier hatte er bereits einen Mitstreiter gefunden, der den Baronet aufmuntern würde.

„Sie sind neu hier? Heute angekommen?", fragte der Admiral. Sir Percival bejahte das.

„Was halten Sie davon, wenn Sie an meinen Tisch kommen? Ich sitze seit einer Weile allein. Das ist grauenhaft langweilig. Die gute alte Mildred ..." Er wurde unterbrochen.

Mrs Fortescue, die an der Tür zum Speisesaal stand, sah den Admiral strafend an und hustete laut.

Das Lächeln auf dem Gesicht des Seemanns verschwand kurz, aber er fasste sich schnell wieder.

„Jedenfalls gibt es einen leeren Platz an meinem Tisch und ich würde mich über Ihre Gesellschaft sehr freuen", sagte der Admiral.

Beanstock sah die Hausdame prüfend an. Was wurde denn hier verheimlicht? Aber Sir Percival schien nichts bemerkt zu haben und folgte dem Admiral, der lustig weiterplauderte. Mrs Fortescue sah den Blick des Butlers und lächelte ihn gezwungen an. Dann drehte sie sich um und verschwand mit hoch erhobenem Haupt im Küchenbereich.

Beanstock sah den Baronet gut versorgt und meldete sich bei ihm ab.

„Gehen Sie auch essen, Beanstock. Der Admiral berichtet mir gerade, dass er am Abend gern Schach oder Dame spielt. Da schließe ich mich ihm an. Sie finden mich im Salon, nicht wahr, Admiral?", fragte der Baronet seinen neuen Tischnachbarn.

„So ist es. Nach dem Essen werden die Segel gesetzt und die Anker gelichtet in Richtung Salon. Dort ist die Bar des Hotels. Sie bieten uns hier auch einen ganz anständigen Whisky oder, in meinem Fall, einen akzeptablen Rum. Und sagen Sie bitte Horatio zu mir. Der Admiral wird an Bord meines Schiffes schon mehr als oft genug gerufen", plapperte der alte Herr lächelnd.

„Sehr erfreut, Horatio. Wie der Seeheld, nach dem das Hotel benannt ist?", fragte Sir Percival.

„Ganz genau, meine Eltern hatten Humor. Ich weiß nicht, ob mir mit diesem Namen nicht das Seehandwerk in die Wiege geschwappt ist", antwortete Horatio lachend.

„Dann müssen Sie auch Percival zu mir sagen", sagte der Baronet, froh über die neue Bekanntschaft.

Die beiden Herren waren an dem angestammten Tisch des Admirals angekommen und setzten sich. Sofort erschien ein Kellner und fragte nach ihren Wünschen.

Beanstock ging zurück in die Hotelhalle.

Er würde Lady Fedora berichten können, dass es ihrem Gatten an nichts fehlte und dass er sogar schon Anschluss gefunden hatte. Sie hatte ihn vor der Abreise um laufende Informationen gebeten. Solange sie noch nicht an der Seite ihres Mannes war, machte sie sich natürlich Sorgen. In der Hotelhalle gab es eine Telefonzelle für Gespräche außerhalb des Hotels.

Er wählte die Nummer der Vermittlung und ließ sich mit Parsley Manor verbinden. Mrs Argyle nahm den Hörer ab.

„Ich werde My Lady an den Apparat holen", sagte sie, nachdem sie sich nach dem Befinden der Reisegesellschaft erkundigt hatte.

Beanstock berichtete und Lady Fedora war sehr zufrieden.

„Ich danke Ihnen, Beanstock. Das beruhigt mich. Passen Sie gut auf Percival auf. Ich werde in etwa einer Woche anreisen", sagte sie.

„Gonzales wird im Laufe des Abends zurück auf Parsley Manor sein, My Lady. Ich werde alles tun, um Sir Percival bei seiner Genesung zu helfen. Machen Sie sich bitte keine Sorgen", sagte Beanstock und verabschiedete sich.

Er legte auf.

Dann begab er sich in den Küchenbereich, wo es einen Essraum für die Dienstboten gab. Der Page Gregor hatte ihn dahingehend informiert, als er mit dem Butler gemeinsam das Gepäck auf das Zimmer gebracht hatte.

Beanstock stufte den kleinen, untersetzten Pagen, den er auf höchstens achtzehn Jahre schätzte, als Plappermaul ein. Es hatte keinen Moment gegeben, an dem der Junge auf dem Weg in die Suite nicht irgendetwas zu erzählen gehabt hätte.

Royal Victoria Park

Am nächsten Morgen stand für Sir Percival der erste Arztbesuch an. Dr. Filipus Norton praktizierte seit über zwanzig Jahren in Bath und hatte mit dem Kurhotel der Pomeroys eine gut bezahlte Vereinbarung getroffen. Mindestens zweimal pro Woche kam der Arzt in das Hotel, untersuchte die Kurgäste und gab Empfehlungen für die Anwendungen ab. Im Notfall konnte Dr. Norton jederzeit gerufen werden.

Sir Percival saß mit entblößtem Oberkörper auf der Behandlungsliege und schaukelte mit den Beinen, da sie in der Luft hingen. Er hoffte, die Prozedur schnell erledigen zu können. Der Admiral wartete auf ihn in der Eingangshalle. Es war ein sonniger Tag und man hatte sich zu einer Bootsfahrt verabredet.

Der Doktor, ein Mann in den Fünfzigern, hielt den Schalltrichter des Stethoskops an die Brust des Baronets. Sir Percival gluckste erschrocken auf.

„Huch, ist das kalt!", rief er und sah den Doktor entschuldigend an. Der Arzt widmete sich erneut dem Abhören der Lungentöne seines Patienten.

„Gut. Die Lungenentzündung, von der mir Ihr

Arzt Dr. Winterbottom in seinem Schreiben berichtet, ist gut abgeheilt.

Ich empfehle Ihnen lange Spaziergänge an der frischen Luft und nicht zu schwere Kost.

Außerdem sollten Sie mehrmals pro Woche das heilende Wasser unserer guten Quelle genießen. Das hat schon so manches Wehwehchen geheilt. Ich rate Ihnen, den *Great Pump Room*, eine Trinkhalle nicht weit von hier, zu nutzen. Ein Spaziergang dorthin drei Mal die Woche wird Ihnen guttun. Berufen Sie sich auf meinen Namen. Und wie gesagt, Sie sollten leichte Kost zu sich nehmen." Dabei blickte der Arzt mit hochgezogenen Augenbrauen auf den nun wieder rundlichen Bauch seines Patienten. Sir Percival folgte seinem Blick und war in höchstem Maße beunruhigt. Dieser kleine Bauchansatz war noch niemals Grund zur Sorge gewesen. Zumal er sich seit seiner schweren Krankheit verkleinert hatte.

Beanstock, der im Hintergrund wartete, war unangenehm berührt. Die Erkrankung seines Herrn war wohl kaum mit einem Wehwehchen zu vergleichen. Der Doktor war ihm nicht sympathisch. Kein Vergleich mit Dr. Winterbottom, dem Hausarzt der Baronets.

„Nun gut, ich werde Sie in einer Woche nochmals abhören, aber ich bin sehr zufrieden mit dem Zustand Ihrer Lunge. Sie können sich ankleiden. Das wird schon, das wird schon", sagte Dr. Norton und nahm sich bereits eine andere Krankenakte vor.

Dem Butler erschien es, als würde der Doktor nicht bei der Sache sein und kaum Mühe aufwenden, um seinen Patienten zu helfen.

Beanstock half Sir Percival in Oberhemd und Jackett, band ihm die Krawatte vorschriftsmäßig und nickte dem Arzt zu. Die beiden Herren verließen das Behandlungszimmer, das sich im Erdgeschoss des Kurhotels befand.

In der Halle wartete, wie verabredet, der Admiral.

„Beanstock, Sie können Butlerdinge machen, ich komme allein zurecht. Ich werde gegen Mittag zurück sein", sagte Sir Percival und rieb sich in freudiger Erwartung des Bootsausflugs die Hände.

„Sehr wohl, Sir. Ich wünsche Ihnen viel Vergnügen. Admiral McKenzie", sagte der Butler und nickte dem alten Seebären freundlich zu.

„Segel setzen, mein guter Percival, ich brauche Wasser unter dem Kiel. Fühle mich hier wie ein Fisch auf dem Trockenen, kein hoher Seegang zu erwarten und Piraten sind eher selten in Bath gesichtet worden. Würde am liebsten eins dieser *Narrowboats* mieten. Die fahren hier auf dem großen Kanal herum. Aber ein Ruderboot tut es erst einmal auch. Fangen wir klein an", sagte der Admiral polternd. Die beiden machten sich auf den Weg zum Royal Victoria Park, der eine gute viertel Stunde entfernt vom Hotel lag.

Nachdem die Suite des Baronets aufgeräumt war, hatte Beanstock die Absicht, einen ausgedehnten Spaziergang in Bath zu unternehmen. Er ging durch die weitläufige Empfangshalle zur Treppe. Die Hausdame kam aus der ersten Etage und nickte ihm mit verkniffenen Lippen zu. Dann schien sie sich zu besinnen, drehte sich noch einmal zu ihm um und sprach den Butler an.

„Ach, Mr Beanstock. Ich möchte eine Einladung

von Lady Margaret Pomeroy übermitteln. Sie bittet Sir Percival morgen Nachmittag zum Tee. My Lady spricht sehr gern persönlich mit den neu angereisten Gästen des Hauses. Ich werde den Baronet um fünf Minuten vor sechzehn Uhr in die Räumlichkeiten der Damen begleiten. Lady Margaret nimmt ihren Tee immer um Punkt sechzehn Uhr in ihrem privaten Salon ein. Sie bittet um Pünktlichkeit. Sonst kann sie sehr ungemütlich werden. Melden Sie sich bitte, wenn es genehm sein sollte", sagte die Dame und rauschte davon, ohne auf eine Antwort zu warten. Beanstock fühlte sich in seine Armeezeit zurückversetzt. In Gedanken sah er die Hausdame in der Uniform eines Feldwebels durch das Hotel flanieren und dem strammstehenden Personal Befehle erteilen.

Die Zimmer des Baronets waren schnell aufgeräumt, ein Fleck aus einer Jacke herausgerieben, ein Knopf wieder angenäht, den Sir Percival am gestrigen Abend beinahe verloren hätte, da er an einem Türknauf hängengeblieben war. Nach einem letzten Kontrollblick war alles zu Beanstocks Zufriedenheit.

Er verließ das Hotel. Ein Mantel war nicht nötig, es war ein wunderbar warmer Maitag. Kein Wölkchen zeigte sich am blauen Himmel. Mit einem guten Gefühl dachte Beanstock an Sir Percival. Die Herren würden Spaß haben. Wie sollte er auch in diesem Moment wissen, wie dieser Spaß am Ende aussehen würde?

Auf der weitläufigen Rasenfläche war Jordan, der Gärtnergehilfe, mit dem Ausstechen von Unkraut beschäftigt. Eine undankbare Tätigkeit, wie Beanstock von Herringbone wusste, da das Unkraut niemals den nötigen Respekt zeigte und verschwand, sondern immer wieder an den unmöglichsten Stellen erneut auftauchte. Es war eine niemals endende Tätigkeit.

Beanstock nickte Jordan freundlich zu.

Neben dem jungen Mann stand ein riesiger Holzkarren mit vier großen Gummireifen. Er war schon zur Hälfte mit Ästen, Kraut und Grünzeug aller Art gefüllt. *Ein effizientes Gefährt*, dachte Beanstock.

„Machen Sie einen kleinen Spaziergang, Sir?", fragte Jordan und drückte seinen schmerzenden Rücken durch.

„Ich möchte mir ein wenig Bath ansehen. Haben Sie einen Tipp für mich?"

Jordan dachte einen Moment nach.

„Also, da ist das römische Thermalbad mit dem angeschlossenen Museum oder wenn Sie sich für Botanik interessieren, wären die Parks der Stadt sehenswert. Es gibt eine Menge zu sehen. Auch wenn Sie die Stadt einfach ziellos durchstreifen, werden Sie an jeder Ecke interessante Dinge sehen. Die Hügel ringsum sind einen Besuch wert. Dadurch haben wir hier so steile Straßen, dass man meinen könnte, die Häuser müssten sich die Anhöhen hinaufquälen."

„Vielen Dank für die Auskunft", sagte der Butler und lächelte dem aufmerksamen jungen Mann zum Abschied zu.

Beanstock wusste, dass Jane Austen, die Autorin vieler wundervoller Bücher, des Öfteren hier geweilt und die Trinkkur genossen hatte. Aber ihr und ihren Zeitgenossen war das gesellschaftliche Leben viel wichtiger als der medizinische Aspekt eines Aufenthalts in Bath gewesen. Man wollte gesehen werden. So hatte es die Schriftstellerin in ihren Romanen ausführlich beschrieben.

Er durchstreifte fast zwei Stunden lang die alte, wunderschöne Stadt mit ihren verschlungenen Wegen, den weitläufigen Parkanlagen und den schönen Plätzen. Bevor er sich auf den Rückweg begab, sah sich Beanstock das römische Bad an. Jordan hatte nicht übertrieben. Er hatte ihm ein paar gute Tipps gegeben.

In seiner Jacketttasche lag wohlverwahrt ein kleines Mitbringsel für sein Pflegekind Lucinda. In einem der Geschäfte hatte er eine hübsche kleine Kette aus Bernsteinperlen entdeckt. Das Kind würde sich sicher darüber freuen. In der Ferne hörte er das penetrante Klingeln von mehreren Polizeiwagen.

Admiral McKenzie ruderte mit einer Ausdauer, die ihm Sir Percival nicht zugetraut hätte. Es war ein sonniger Tag und noch nicht viele Boote auf dem Wasser unterwegs. Der große Ansturm würde erst am Nachmittag kommen.

An der Verleihstation hatten die beiden ein Ruderboot gemietet und nachdem sie einen der Nebenarme erreicht hatten, waren die Herren vollkommen allein auf dem Wasser.

Der große See besaß mehrere befahrbare Seitenarme. Weidenäste hingen weit über dem Wasser und verwandelten den künstlich angelegten See in eine märchenhafte Umgebung. Des Öfteren mussten sie sich tief in das Boot hineinbücken, um nicht mit den Zweigen zu kollidieren.

Enten schwammen neben dem Boot und ließen sich in ihrer wichtigen Tätigkeit, nach Essbarem zu tauchen, nicht stören. Schwalben zogen am Himmel Kreise. Ihr geschwätziger Gesang war weithin zu hören. Libellen schwirrten mit durchsichtigen feinen Flügeln vorbei.

Es war ein geruhsamer Ausflug. Ganz nach Sir Percivals Geschmack. Er lehnte sich auf seinem Sitz zurück, der zum Glück eine bequeme Lehne besaß, sah den Enten zu und dachte an Parsley Manor. *So einen See könnte man in meinem Garten doch sicher anlegen,* dachte er. Er würde nach seiner Rückkehr sofort ein paar Worte mit Herringbone wechseln. Das leise Plätschern der Ruder, wenn sie das Wasser durchzogen, schläferte ihn ein.

„Ein See in dieser Größe ist eine eher langweilige Angelegenheit, mein Freund. Sie schlafen ja schon ein. Zur nächsten Bootstour schlage ich den Fluss *Avon* vor. Der ist weitläufiger und interessanter", erklärte gerade der Admiral, als das Boot abrupt stoppte. Die Herren mussten sich festhalten, so plötzlich kam der Aufprall.

„Was ist passiert? Sind wir irgendwo aufgelaufen?", fragte Sir Percival erschrocken und schaute sich neben dem Boot um. Sie waren wieder einmal unter einer allzu weit herabhängenden Weide hindurchgerudert.

„Sandbänke sind hier nicht zu erwarten! In der Straße von Dover sieht das ganz anders aus. Wären dort einmal fast mit unserem Schiff aufgelaufen. Schlimme Sache, diese Sandbänke. Man muss verdammt aufpassen", polterte der Admiral und versuchte, sich mit den Rudern freizukämpfen. Sein Gesicht nahm einen rötlichen Ton an und Schweißperlen standen auf seiner Stirn.

„Soll ich es einmal versuchen, Horatio? Vielleicht kommen wir gemeinsam frei", sagte Sir Percival und schaute sich um. Er entdeckte etwas.

„Wahrscheinlich sind wir zu dicht an dieses Boot dort gekommen. Das ist eine komische Stelle, um an Land zu gehen. Vielleicht hat sich das Boot auch vom Steg losgerissen und ist abgetrieben." Er wies mit seiner Hand unter die Äste der Weide. Dort lag tatsächlich ein Ruderboot. Sie hatten es gerammt.

„Das habe ich gar nicht gesehen. Versuchen wir, uns zu befreien", meinte Admiral McKenzie und stieß mit dem Paddel gegen das fremde Boot, das leicht ins Schaukeln geriet.

„Das bringt nicht viel. Ziehen wir uns näher heran. Ich will versuchen, es von uns fortzustoßen. Vielleicht sind wir unter Wasser an einer Wurzel hängen geblieben."

Sie versuchten es. Dann griff Sir Percival nach dem Längsspanten des fremden Bootes und zog es zu sich heran. Dabei verrutschte die Plane, die im Boot lag. Etwas Rosafarbenes kam zum Vorschein.

„Das ist seltsam", sagte Sir Percival und begann, an der Plane zu ziehen.

Die beiden Herren wussten in diesem Moment noch nicht, was dabei zum Vorschein kommen würde.

„Tintenfisch und Makrelenschwarm, Mildred. Hier hast du dich also versteckt", hauchte Admiral McKenzie und wurde blass.

Sir Percival sah auf eine tote Frau in rosa Pantoffeln und einem rosafarbenen Morgenmantel, aus feinster Seide. Er warf besorgte Blicke zu seinem neuen Freund und zurück zu der Leiche der Dame, die mit seltsam verkrampftem Gesicht und offenen Augen scheinbar vollkommen sprachlos über ihre Situation gen Himmel stierte.

„Sie kannten die Dame?"

„Sie war Gast im Kurhotel und verschwand spurlos. Wie ist sie hierhergekommen? Und dann in diesem Aufzug. Das hätte ihr nicht gefallen. Ihr Äußeres und wie sie nach außen wirkte, war ihr sehr wichtig."

Sir Percival dachte sofort an seinen Butler.

„Können wir das irgendwie vor meinem Butler verheimlichen? Sicher nicht, wenn Sie sagen, dass die Dame Gast des Hotels war. Es ist unfassbar. Beanstock wird sich sofort auf diesen neuen Fall stürzen."

„Mildred war eine Freundin. Ich mochte sie, auch wenn sie ein typischer Vertreter ihrer Klasse war. Nichts für ungut, Percival. Wenn Ihr Butler ermitteln will, bin ich dabei. Das hat das alte Mädchen nicht verdient, einfach hier in diesem Kahn abgeworfen zu werden. Vor allem nicht in dieser unangemessenen Aufmachung. Hat ja sogar noch Lockenwickler im Haar. Eine Schande ist das. Sie hat sich immer so viel auf ihr Aussehen eingebildet."

Es dauerte eine Weile, bis sie ihr Boot wieder flott hatten. Dann ruderte der Admiral schweigsam zur Bootsanlegestelle zurück und informierte den Bootsverleiher über ihren Fund. Die Polizei wurde gerufen und nach kürzester Zeit hörte man in der Ferne das Klingeln der Polizeifahrzeuge.

Inspector Braddock

Als die beiden Herren am Nachmittag immer noch nicht von ihrem Ausflug zurückgekommen waren, machte sich Beanstock auf den Weg zum *Royal Victoria Park*. Der Admiral hatte erwähnt, dass man dort ein Boot mieten wolle. Als Beanstock ankam, sah er bereits die Polizeipräsenz vor Ort.

Einen Moment gingen ihm schlimme Bilder durch den Kopf. Er beschleunigte seine Schritte und blieb vor einem Absperrband stehen. Unmittelbar dahinter befand sich der Bootsverleih, ein hübscher kleiner Backsteinbau mit einer flatternden Fahne auf dem schiefergrauen Dach.

In einiger Entfernung erblickte Beanstock die beiden Gesuchten. Die Herren saßen auf einer der Bänke, die in der Nähe des Ufers standen. Vor den beiden stand ein Polizist und schrieb etwas auf einem Notizblock auf.

Ein älterer Herr in Zivil hatte bemerkt, wie Beanstock den Kopf verdreht hatte und offensichtlich jemanden suchte. Er kam langsam zum Absperrband und nahm dabei seinen Ausweis aus der Hosentasche. Beanstock bemerkte die unangebrachten Knitterfalten im Anzug des Mannes. Das einst weiße Hemd hätte ebenfalls Aufmerksamkeit verdient und zu gern würde der Butler die schief sitzende Krawatte des Herrn geraderücken.

„Detective Inspector Braddock, Polizei Bath, was meinen Sie, hier zu finden? Bitte weisen Sie sich aus", sagte er und hielt seinen Ausweis vor die Augen des Butlers.

Beanstock zeigte ihm seinen Ausweis.

„Ich bin in Diensten Sir Percivals, Baronet von Parsley, und hatte mir Sorgen gemacht, da er nicht zur angegebenen Zeit von seinem Ausflug zurückkam. Muss ich mir Sorgen machen, Sir?"

Der Inspector verschränkte seine Arme vor der Brust und fixierte den Butler aufmerksam.

„Sagen Sie es mir. Ihr Arbeitgeber und sein Freund haben die Leiche einer Frau gefunden, die seit ein paar Tagen vermisst wurde. Könnten die beiden damit zu tun haben? Die Dame wohnte ebenfalls im Kurhotel *Viscount Nelson*. Sagen Sie mir, was ich davon halten soll. Ich glaube nicht an Zufälle, Sie etwa?"

Was dachte sich dieser Polizist eigentlich? Es war das alte Lied, das Beanstock nun schon so oft gehört hatte. Derjenige, der einen Toten entdeckt hatte, wurde sofort erst einmal verdächtigt, der Mörder zu sein. Wenn die Ermittler so weiterarbeiten würden, gäbe es bald niemanden mehr, der den Fund einer Leiche melden wollte, aus Angst, selbst im Gefängnis zu landen. Kontraproduktiv. Er sah nachdenklich zu

Sir Percival, der ihn inzwischen entdeckt hatte und ihm zunickte.

„Sir, es ist sicher eine verständliche Annahme, dass die Herren involviert in das Geschehen sein könnten, da sie ebenfalls im Kurhotel *Viscount Horatio Nelson* logieren. Aber ich möchte Sie darüber informieren, dass Sir Percival erst gestern aus Parsley Field angereist ist. Dafür kann ich Ihnen dutzende Zeugen nennen, wenn Sie es verlangen sollten. Für Admiral McKenzie kann ich leider nicht sprechen, bin aber sicher, dass er nicht infrage kommen kann, Ihre Mordermittlung bereits nach wenigen Minuten hier vor Ort zu lösen", erklärte Beanstock in ruhigem Ton.

Inspector Braddock, der bis zu diesem Zeitpunkt ein überlegenes Lächeln auf den Lippen hatte, verging der Spaß. Aber er war noch nicht am Ende mit seinen Erkenntnissen.

„Und wann habe ich Ihnen gesagt, dass es Mord war? Können Sie mir das in Ihrem seltsamen Butlersingsang erklären?" Der Inspector schien langsam die Geduld mit diesem aufsässigen Zeitgenossen zu verlieren. Dienstboten waren Dienstboten und nicht für die Taten ihrer Herrschaft verantwortlich. Oder vielleicht doch? Dieser Butler war eindeutig seinem Dienstherrn mehr als zugetan und schien es persönlich zu nehmen, wenn man diesen Baronet beschuldigte. Die feine Gesellschaft, was erwartete man eigentlich? Das konnte lustig werden.

„Sir, wenn die Polizei mit diesem Aufgebot vor Ort ist und die Spurensicherung bereits arbeitet, wie ich sehen kann, dann handelt es sich nicht um einen

Unfall. Unter der Plane des Mordopfers sehe ich gerade einen rosafarbenen Morgenmantel und Pantoffeln. Keine Dame würde so gekleidet im Park auftauchen. Es sei denn, man hätte ihre Leiche hier drapiert." Beanstock sah den Polizisten an, als wolle er wissen, ob er noch weiterhin so dumme Fragen für ihn parat hätte.

Braddock sah sich blitzschnell zu dem Mordopfer am Boden um, das soeben am Ufer abgelegt worden war. Tatsächlich sah man den Morgenmantel und sogar einen Fuß mit dem rosafarbenen Pantoffel.

„Officer, passen Sie besser auf! Man kann das Opfer sehen! Unglaublich, was denken Sie sich?", schrie der Inspector den ihm am nächsten stehenden Constable an. Der junge Polizist salutierte erschrocken, lief zu der abgelegten toten Dame, wedelte einen weiteren Constable herbei und die beiden bedeckten die Leiche ordnungsgemäß.

Der Inspector wandte sich wieder an den Butler.

„Sie können die beiden Herren mitnehmen. Verlassen Sie auf keinen Fall Bath. Ich werde zu weiteren Vernehmungen in das Hotel kommen. Verstanden?", zischte er mehr zwischen seinen Lippen hervor, als dass er verständlich sprach. Sein Frust war mit Händen zu greifen.

Beanstock neigte gelassen den Kopf und wollte sich unter dem Absperrband hindurchbewegen.

„So weit kommt das noch, dass Sie mir meinen Tatort kaputt trampeln! Sie warten hier!", rief der Inspector.

„Ich denke nicht, dass dies der Tatort ist, Sir, wenn ich das bemerken darf. Die Dame war wohl in diesem

Boot, in dem die Spurensicherung gerade intensiv arbeitet. Ich frage mich, wie man die tote Dame hierhergebracht haben könnte. Das war sicher nicht leicht", sagte Beanstock.

Nun wurde es Braddock zu viel. Er lief mit Riesenschritten zu den beiden Herren auf der Bank. Bereits auf dem Weg brüllte er noch einen weiteren Constable an.

„Trampeln Sie hier nicht meinen Tatort kaputt! Ich entscheide, wo der Tatort ist! Aus dem Weg!"

Dann wedelte er den Constable weg, der die Herren auf der Bank beaufsichtigte, und entließ die beiden mit einem brummenden Geräusch aus seinem Gewahrsam.

„Sie verlassen nicht die Stadt!", rief er ihnen noch einmal nach.

Der Rechtsmediziner Dr. Forman gesellte sich zu dem aufgeregten, rotgesichtigen Braddock und sah ihn interessiert an.

„Probleme, Braddock? Sie sehen mitgenommen aus. Wie wäre es mit einer guten Tasse Tee? Ich schicke gern für Sie danach. Nicht, dass Sie mir hier noch umfallen. Hab keine Zeit für mehr als einen Toten", bemerkte er vorsichtig.

„Ich brauche keinen Tee! Arbeiten Sie einfach weiter! Wann bekomme ich Antworten? Zum Beispiel, wie lange die Frau hier auf dem Teich herumgedümpelt ist. Das würde mich beruhigen!"

Dr. Forman sah den Inspector mit großen Augen an. Er wusste, dass der Mann ein Choleriker war, aber so aufgebracht hatte er ihn seit langem nicht gesehen.

„Nun, dem Verwesungsgrad und den Insekten

nach zu urteilen, würde ich meinen, sie wurde vor etwa vier Tagen im Boot deponiert. Bei diesem warmen Klima geht es schnell. Das deckt sich mit ihrem Verschwinden aus dem Hotel, nicht wahr?", sagte der Rechtsmediziner vorsichtig.

„Ich entscheide, ob es sich deckt!", schrie der Inspector erneut aufgebracht. Er schloss für einen Moment seine Augen fest zu und dachte an seinen behandelnden Arzt. Dann klopfte er mehrere Male mit zwei Fingern der linken Hand auf den Handrücken der Rechten. Sein Atem beruhigte sich etwas und er öffnete die Augen.

Dr. Forman grinste.

„Besser?"

„Besser."

Dr. Forman hatte von seinem Kollegen, Dr. Bitter, erfahren, dass Braddock in Behandlung war. Eigentlich durfte nicht darüber gesprochen werden, aber unter Kollegen ging das schon einmal.

Dr. Bitter war Psychiater und behandelte die Tobsuchtsanfälle des Inspectors, seitdem es der Superintendent angeordnet hatte.

Inspector Braddock seufzte.

Es hätte hier und jetzt abgeschlossen sein können. Er hasste Mordfälle. Warum er sich damals zur Mordkommission hatte versetzen lassen, verstand er heute nicht mehr.

Wäre ich doch bei der Sitte geblieben, dachte Inspector Braddock und klopfte erneut auf seinen Handrücken.

Beanstock hatte nach diesem aufreibenden Erlebnis

das Gefühl, dass es gut wäre, schnellstens ein Taxi zu nehmen. Das Kurhotel lag zwar nicht allzu weit vom Park entfernt, in der Weston Road, aber die beiden Herren schienen doch ziemlich mitgenommen zu sein.

Als das Taxi vor dem Kurhotel hielt, stand bereits Mrs Fortescue vor dem Eingang und sah ihnen mit verkniffenen Lippen und dem Blick einer Collegeleiterin entgegen, die ungezogene Schüler zurückerwartete.

„Da bekommt man ja Angst. Als hätte man seine Hausaufgaben nicht erledigt", murmelte Sir Percival.

„Wir haben doch nicht etwa vergessen, unsere Betten ordnungsgemäß zu machen?", raunte der Admiral leise zurück.

Die Hausdame kam ihnen entgegen.

„Ich habe bereits Meldung über die Angelegenheit, nicht wahr? Inspector Braddock rief im Hotel an. Lady Pomeroy bittet Sie dringend um Diskretion. Sie wird sich morgen zum Tee mit den Herren über die leidige Angelegenheit austauschen, nicht wahr? Sie werden ebenfalls zum Tee erwartet, Admiral McKenzie."

„Was ist für Sie denn eine leidige Angelegenheit? Es geht hier schließlich um Lady Mildred Berrisforce! Es ist ein Mensch gestorben, der aus Ihrem Hotel verschwunden ist!", rief nun der Admiral, sichtlich aufgebracht.

Mrs Fortescue bekam rötliche Flecken auf ihren ansonsten blassen Wangen. Eines ihrer Augen zuckte nervös und sie hob beschwichtigend die Hand.

„Natürlich, nicht wahr, lieber Admiral McKenzie,

ich meinte es natürlich nicht so. Bitte etwas leiser, Sir."

Horatio McKenzie war aufgebracht und schien sich nicht so schnell wieder beruhigen zu wollen.

„Ich brauche jetzt einen guten Tropfen. Wie steht's mit Ihnen, Percival?", sagte er mit wenig unterdrücktem Ärger in seiner Stimme. Sie ließen die Hausdame stehen und Beanstock folgte den beiden in das Hotel.

Der Gärtnergehilfe Jordan harkte ganz in der Nähe ein Blumenbeet. Er hatte alles gehört und nun würde es auch bald jeder im Haus wissen.

Er harkte noch eine ganze Weile das Beet ordentlich glatt. Dann wurde es Zeit, eine Teepause einzulegen. Er stellte die Harke zurück in das Gartenhaus, hängte seine grüne Schürze an den Haken, strich sein lockiges Haar glatt und rieb sich in Erwartung der Pause und seiner neuesten Informationen die Hände.

Dann ging er, eine Melodie pfeifend, um das Hotel herum zum Seiteneingang und betrat den langen Flur, der zum Küchentrakt gehörte.

Am Tisch im Essraum der Dienstboten saßen die beiden Zimmermädchen, Sara und Louise, sowie der Koch des Hotels, Mr Pinker, vor einer dampfenden Tasse Tee. Als sie das Schmunzeln auf dem Gesicht des Gärtners sahen, wussten sie, es gab interessante Neuigkeiten aus der besseren Gesellschaft zu berichten. Jordan bekam seinen Tee und Louise stellte ihm fürsorglich auch noch einen Teller Kekse neben die Tasse. Dann sahen sie dem Bericht des jungen Mannes mit aufmerksamen Gesichtern entgegen.

Tee im Salon Pomeroy

Lady Margaret Pomeroy, Angehörige einer langen Reihe von Herrschaften mit dem Namen Pomeroy, stand vor ihrem Spiegel im Ankleidezimmer und begutachtete ihre Kleidung. Sie war im Gegensatz zu ihrer jüngeren Schwester Anne groß und überaus schlank. Die schönen hellblonden Locken konnten aber den verdrießlichen Ausdruck ihres Gesichts nicht kompensieren.

Angeblich konnte man die Familiengeschichte der Pomeroys bis in die Zeit Wilhelm des Eroberers zurückverfolgen. Da stritten sich die Gelehrten.

Leider gab es seit längerer Zeit keinen männlichen Erben der Linie mehr und somit würden die Pomeroys mit den beiden Schwestern Margaret und Anne aussterben. Beide hatten nicht geheiratet und vor allem Margaret war sich der Tatsache schmerzlich bewusst, dass sie die Letzte des Geschlechts sein würde.

Anne, ihre jüngere Schwester, zählte nicht.

Sie hatte noch niemals für Margaret irgendetwas bedeutet, war ein Anhängsel, ein notwendiges Übel, das man dulden musste, da es den Namen Pomeroy trug. Unwichtig.

Lady Margaret zog die weiße Bluse aus und griff zu einer schwarzen, die an einem Kleiderständer neben dem Spiegel hing. Sie zog sie an und sah erneut in den hohen geschliffenen Spiegel.

Besser, angebrachter, waren ihre Gedanken. Teekleider, wie sie eine Zeit lang *en vogue* gewesen waren, entsprachen nicht ihrem Stil. Sie bevorzugte lange Röcke und Blusen. Mit einem tiefen Seufzer dachte sie an Anne. Nicht nur, dass sie auf jeden Fall wieder zu spät zum Tee erscheinen würde, sie würde auch wieder in dieser unangemessenen Kleidung auftreten.

Dann fiel ihr ein, dass Dr. Norton einen Kollegen aus London eingeladen hatte, der Anne untersuchen sollte. Der Arzt würde in ein paar Tagen anreisen. Vielleicht konnte man so die ungeliebte Schwester loswerden. Eine Einweisung nach Bedlam, der gefürchteten psychiatrischen Klinik in London, würde Abhilfe bringen. Sogar ein leichtes Lächeln verlief sich bei diesem Gedanken auf Margarets Lippen.

Sie sah auf ihre Armbanduhr. Es war Zeit.

Mrs Fortescue wartete am Absatz der ersten Etage auf die Herren. Sie sah mit einem leichten Stirnrunzeln auf ihre Uhr, die mittels einer Nadel an ihrer Kostümjacke befestigt war. So wie man es bei den Schwestern im Krankenhaus sah, wenn sie dem Patienten den Puls messen wollten. Mrs Fortescue fand das sehr passend. Manches Mal fühlte sie sich wie eine gestrenge Oberschwester, die die jungen Lernschwestern und Pfleger auf den einzig richtigen, nämlich den von ihr vorgezeichneten Weg bringen musste. Streng, aber gerecht.

Die Herren waren bereits zwei Minuten zu spät. Lady Margaret bestand auf absoluter Pünktlichkeit.

Sir Percival hatte eine schlaflose Nacht hinter sich. Beanstock, der gegen dreiundzwanzig Uhr noch einmal nach ihm gesehen hatte, hatte den Baronet am Fenster stehend vorgefunden. Daraufhin war der Butler in die Küche des Hotels gegangen und hatte Milch erwärmt. Ein wenig Honig in heißer Milch würde dem Baronet hoffentlich helfen, einzuschlafen.

Dankbar hatte sich Sir Percival wieder zu Bett begeben und seine Milch getrunken. Er hatte Beanstock fortgeschickt, aber der Schlaf hatte sich erst weit nach Mitternacht eingestellt. Der Tag war zu aufregend gewesen und nach seiner langen Genesung und Ruhe im Hause Parsley Manor, war Sir Percival solche Aufregungen nicht mehr gewohnt.

Beanstock hatte am Morgen die dunklen Schatten unter den Augen seines Herrn registriert.

Vor ein paar Minuten hatte der Admiral an der Zimmertür geklopft und die beiden Herren hatten sich gemeinsam auf den Weg zur Teatime bei My Lady gemacht.

Mrs Fortescue begleitete sie.

Im linken Flügel des Hauses in der ersten Etage befanden sich die Privaträume der Schwestern. Im Erdgeschoss waren Verwaltungsräume und die Küche untergebracht.

Die Herren folgten der Hausdame, durchquerten

die Hotelhalle, stiegen an der gegenüberliegenden Seite wieder in die erste Etage hinauf und folgten dann einem langen breiten Flur bis zum Ende.

Dicke Teppiche schluckten jedes Geräusch.

Die Wände hingen voller Porträts der weitläufigen Familie Pomeroy, die nun auf zwei Mitglieder geschrumpft war. Das letzte Gemälde in der Reihe der Ahnenbilder fehlte. Ein heller Fleck ließ erahnen, dass dort einmal ein Porträt gehangen hatte.

Sir Percival wies auf den hellen Fleck und fragte die Hausdame, die immer ein paar Schritte vor ihnen ging, danach.

Mrs Fortescue blieb nicht stehen, dafür war es zu spät.

„Dort hing das Porträt des letzten männlichen Vertreters der Pomeroy Linie, nicht wahr? My Lady hat es vor ein paar Jahren entfernen lassen. Ich habe damals noch nicht hier gearbeitet. Es befindet sich auf dem Speicher. Auf dem Gemälde ist der Vater der Hotelbesitzerinnen abgebildet."

Der Admiral sah Sir Percival grinsend an und hob die Augenbrauen. Wie seltsam. Sie durchquerten eine weitere Tür, an der ein Schild mit der Aufschrift *PRIVAT, kein Zugang*, befestigt war.

An einer der Türen zur Linken stoppte Mrs Fortescue, räusperte sich kurz und klopfte.

„Ja, bitte!", rief jemand von drinnen.

Die Hausdame öffnete die Tür und bat die Herren, einzutreten.

Der Salon war riesig. Die gegenüberliegende Seite bestand aus bodentiefen Fenstern zum Park hin, die mit schweren Brokatvorhängen versehen waren. Die andere Seite wurde von einem überdimensionalen schwarzen Kamin aus Portoro-Mamor beherrscht.

Davor standen zwei Sofas mit einem floralen Bezugsstoff. Auf dem Tisch zwischen den Sofas hatte man für vier Personen gedeckt. In der Mitte ein Silbertablett mit Sahnekännchen, einer Zuckerdose, zwei Kannen, eine für das heiße Wasser, und natürlich dem Tee in einer Silberdose. Eine Etagere versprach dem wohlwollenden Auge des Baronets Kuchen und Gurkensandwiches.

Überall im Raum verteilten sich die unglaublichsten Antiquitäten. Sir Percival bemerkte mit Kennerblick, dass sich hier jemand ausgetobt haben musste, der sich für die unterschiedlichsten Dinge begeisterte.

Hochmittelalterliche Holzstühle standen neben eleganten Regency Tischen, auf denen sich verschieden große, ägyptische Statuetten aneinanderreihten, Louis-quinze Stühle und ausgestopfte Vögel, chinesische Vasen, ein Samuraischwert auf einem Holzständer, Gobelins an den Wänden aus dem sechzehnten Jahrhundert, verschiedene Steinfiguren aus Südamerika, unverkennbar indianisch, und zu allem Überfluss ein ausgestopfter Grizzly, dem ein Auge fehlte. Das war der Teil, den der Baronet im Bruchteil einer Minute überblicken konnte. Es gab noch viel mehr. Der Dienstbote, der das alles säubern musste, kam Sir Percival in den Sinn, war nicht zu beneiden. Alles sah auf jeden Fall sehr sauber und gepflegt aus.

Lady Margaret kam auf die Herren zu und reichte ihnen ihre Hand.

„Ich bin Lady Margaret Pomeroy, mir gehört dieses Haus. Ich heiße Sie willkommen und hoffe, Sie erholen sich schnellstens von Ihrer Unpässlichkeit. Bitte nehmen Sie Platz", sagte die Dame mit einer gekünstelt wirkenden Stimme. „Sie können gehen, Mrs Fortescue, ich werde den Tee selbst einschenken. Ich bin sicher, Sie haben anderweitig Aufgaben zu erfüllen." *Das klang gar nicht einmal sehr nett*, dachte der Admiral und sah seinen neuen Freund Percival fragend an.

Sie setzten sich und die Dame des Hauses schenkte Tee ein. Jeder bekam eine Tasse mit Untertasse und Serviette.

„Bitte greifen Sie doch zu, Admiral McKenzie. Sir Percival muss auf seine Linie achten, habe ich von Doktor Norton vernommen. Wie unangenehm. Ich nehme am Tag nur sehr angemessen Nahrung zu mir. So kann es gar nicht erst zu einer Unpässlichkeit kommen", sagte die Dame, griff zu einem besonders großen Stück Victoria Spongecake und biss genüsslich hinein.

Sir Percival war verschnupft. Man zitierte hier den Arzt. Eigentlich sollten derlei Informationen beim Doktor bleiben und nicht herausposaunt werden. Er fühlte sich nicht wohl auf seinem Sitz und rutschte unruhig darauf herum. Dem Admiral entging das nicht und er zeigte sich sofort mit seinem neuen Freund solidarisch. Er griff nicht zu den Köstlichkeiten.

„Erwarten Sie noch jemanden, My Lady?", fragte er nun und nippte an seinem Tee. Ein Whisky wäre ihm im Moment weitaus lieber.

„Meine Schwester", sagte Lady Margaret. Sir Percival bemerkte den Unterton in ihrer Antwort. Klang da Unmut oder blanker Hass aus ihr?

Aber sie blieb eine weitere Antwort schuldig, denn in diesem Moment flog die Tür auf und eine Dame erschien, die nicht verschiedener als ihre Schwester hätte sein können. Lady Margaret verdrehte die Augen.

„Darf ich vorstellen? Meine Schwester Anne", sagte sie und griff zum nächsten Stück Kuchen.

Lady Anne war untersetzt, nicht so groß und schlank wie ihre Schwester. Sie trug ihr Haar zu einem kurzen Bob geschnitten, war mit einem arabischen Kaftan bekleidet und hatte einen Korb in der rechten Hand, aus dem ein dicker Wollfaden herauslugte. Ihre Gesichtsfarbe war überaus blass und ihre dunklen Augen lagen tief in den Augenhöhlen. Sie erschien den Herren nicht sehr gesund zu sein.

Anne griff sich einen Teller, nahm sich ein paar Gurkensandwiches und stopfte das Erste in den Mund. Den Tee rührte sie nicht an.

„Willst du keinen Tee?", fragte Margaret leicht genervt. Lady Anne schüttelte den Kopf, dass die Brotkrümel, die sich um ihren Mund herum angesammelt hatten, zur Seite flogen.

Ihre ältere Schwester hustete kurz.

„Nun, zur Sache. Ich habe Sie aus einem bestimmten Grund zum Tee geladen. Ich weiß um die Umstände des gestrigen Tages und die Vorfälle am See. Vor einigen Tagen ereignete sich ein äußerst unappetitliches Vorkommnis in meinem Hause ..."

Lady Anne unterbrach ihre Schwester, was diese mit einem boshaften Seitenblick quittierte.

„Meine Schwester möchte die Herren um Stillschweigen gegenüber den anderen Gästen bitten", sagte sie betont leise und mit einem furchtsamen Seitenblick auf ihre Schwester, griff zu einem weiteren Sandwich, erhob sich, nahm ihren Korb unter den linken Arm und verneigte sich. Dann lief sie schnellen Schrittes durch den Raum, wich gekonnt den antiquarischen Hindernissen aus und riss die Tür zum Flur auf. Sie verließ den Raum, der Kaftan wehte in weichen Wolken um ihren rundlichen Körper und die Tür flog mit einem Knall zurück ins Schloss.

Einen Moment war es mucksmäuschenstill im Salon. Die sich entfernenden Schritte der Dame Anne waren durch die dicken Teppiche im Flur kaum hörbar.

„Entschuldigen Sie bitte meine törichte Schwester. Sie hat einfach keinerlei Benehmen. Das ist dem Einfluss unseres Vaters geschuldet. Er war kein Pomeroy. Angeheiratet, wenn Sie verstehen. Er war, wie soll ich es gekonnt ausdrücken, verrückt", sagte Lady Margaret mit einem arroganten Unterton in ihrer Stimme. „Die echten Pomeroys sehen auf eine lange Geschichte wahrlich hochwohlgeborener Mitglieder zurück, die für ihre überaus wichtigen Beiträge zur Geschichte dieses Landes bekannt waren. Wenn ich an den dritten Pomeroy denke, ein Mann wie ein Schrank, gebildet, mächtig und mutig. Er kämpfte an der Seite von Richard Neville in den Rosenkriegen. Ich blicke auf eine Familie zurück, die ihresgleichen sucht. Und dann der vierte Pomeroy ..."

Der Admiral trank schnell seinen Tee aus und stand abrupt auf. Sir Percival tat es ihm nach. Die beiden wollten so schnell wie möglich diesen seltsamen Salon verlassen.

Es war einfach unangenehm. *Überhaupt kein Vergleich mit der wundervollen Teezeremonie auf Parsley Manor*, dachte der Baronet und sehnte sich nach Hause.

Lady Margaret sah die beiden stehenden Herren ungläubig an. Warum wollte man nicht die wunderbare Geschichte ihrer Familie hören? Ihr kalter Blick wurde noch eisiger.

„Bitte nehmen Sie meinen Dank für die Einladung entgegen, Lady Margaret. Sie können sich auf unsere Diskretion verlassen. Aber ich kann Ihnen auch verraten, dass Inspector Braddock nicht ganz so verständnisvoll sein könnte. Wie ich den Polizisten erlebt habe, wird er hier ziemlich forsch auftreten, um es einmal ganz gelinde auszudrücken", sagte Sir Percival und neigte zum Abschied leicht den Kopf.

Lady Margaret, eine der letzten Pomeroys, wurde blass und griff automatisch zum nächsten Stück Victoria Spongecake.

Die beiden Herren durchquerten den Salon, öffneten die Tür und gingen, ohne sich noch einmal umzusehen. Sie durchquerten den langen Flur mit der Reihe der Ahnenbilder. Der Admiral deutete auf eines der Gemälde.

„Das ist er, der sogenannte wunderbare dritte Pomeroy. Das soll der mächtige, mutige Kerl sein. Sehen Sie ihn sich mal genau an, Percival, dieser Zwerg soll in einer Schlacht gekämpft haben", sagte er leise.

Sir Percival sah sich das Gemälde näher an. Es zeigte einen kleinen, untersetzt wirkenden Mann, kaum Haar auf dem Kopf, mit einem ziemlich großen Bauchumfang, der sich auf einen Spazierstock stützen musste, weil seine rachitisch verformten Beine ihn ansonsten nicht tragen würden.

Da war dann wohl eine ganze Menge Wunschdenken bei Lady Margaret vorhanden gewesen.

Als der Admiral und Sir Percival die Hotelhalle erreichten, erwartete sie der Butler. Beanstock hatte sich eine der dort ausliegenden *Times* gegriffen und gelesen. Ein großer Artikel war dabei dem zurückgetretenen Winston Churchill gewidmet. *So einen Premier werden wir nicht mehr bekommen*, dachte Beanstock mit Wehmut. Er legte die Zeitung ordentlich geknickt zurück auf den Zeitungstisch und rückte den Stapel noch exakt gerade.

Sir Percival sah nicht sehr zufrieden aus, stellte der Butler mit Blick auf seinen Herrn fest.

„Möchten Sie sich frisch machen, Sir?", fragte er den Baronet.

„Es wäre mir lieb, wenn ich in Ruhe eine Tasse Tee trinken könnte. Das würde mich erfrischen. Diese Teeeinladung war ja irgendwie gar nichts", sagte er zu seinem Butler. Beanstock würde sich sofort darum kümmern. Er folgte den Herren auf die hintere Terrasse, wo man unter ausladenden cremeweißen Schirmen bequeme Korbsessel und Tische aufgestellt hatte. Es war ein sonniger, nicht zu warmer Tag. Ein Kellner servierte Tee und Gebäck und den ein oder anderen Sherry. Die Herren nahmen Platz und Beanstock informierte den Kellner über die Wünsche der beiden. Dabei vergaß er auch das Glas Whisky nicht, das sich der Admiral ausbedungen hatte.

Er gesellte sich zu Sir Percival und hörte den Bericht über den seltsamen Besuch bei Lady Margaret und der noch seltsameren Schwester Anne. Die Aufforderung des Admirals, sich doch zu ihnen zu setzen, ignorierte er geflissentlich. In einem ländlichen Pub könnte er das vielleicht ausnahmsweise einmal tun, aber hier in diesem Kurhotel der besseren Gesellschaft war eine solche Handlungsweise nicht angebracht. Er blieb neben dem Tisch stehen. Als dann endlich Tee, ausreichend Gebäck und Whisky serviert worden waren, zog sich Beanstock kurz in den Park zurück.

Er wollte über einige Dinge nachdenken. Der Page Gregor hatte ihm gegenüber, als Beanstock in der Hotelhalle die Zeitung gelesen hatte, etwas geäußert, was er überdenken wollte.

Lady Mildred Berrisforce war eine Schreckschraube. Es wundert mich gar nicht, dass man sie umgebracht hat. Wir haben sofort nach ihr suchen müssen, als sie verschwunden war. Sogar im Park. Wahrscheinlich lag sie irgendwo im Haus herum. Mir wird ganz anders, wenn ich daran denke, dass der Mörder noch im Haus wohnt. Vielleicht war es der Admiral. Hat sich doch gewaltig bei ihr eingeschleimt. Und als sie ihn nicht ranlassen wollte, hat er sie nach Seemannsart über die Planke geschickt.

Genauso hatte sich Gregor in seiner blumigen Art ausgedrückt. Das Personal hier im Hotel war scheinbar nicht für seine Integrität berühmt. Er hatte schon zu einem anderen Anlass im Essraum des Personals derlei Indiskretionen vernommen, die ihm in seiner Funktion als Butler mehr als missfallen hatten. Man machte sich über jeden Gast lustig. Es gab viele kleine Vorkommnisse, die Anlass zu einem heiteren Austausch gaben.

Allein der Gärtner Tom Brown war eine rühmliche Ausnahme. Er war scheinbar ein stiller Zuhörer. Beanstock hatte das bereits des Öfteren bemerkt.

Mrs Fortescue nahm ihre Mahlzeiten in ihrem Büro ein. Alle Angestellten waren sich einig, dass das für alle Beteiligten ein angenehmes Arrangement war. Ansonsten wären indiskrete Gespräche wohl im Keim erstickt worden.

Gestern hatte Beanstock ein Gespräch angehört, in dem es um die Besitzerinnen des Kurhotels gegangen war.

Der Butler hatte vor einer Tasse Tee gesessen und versucht herauszubekommen, welche Art Tee das sein sollte. Er hatte auf schwarzen Tee getippt, eventuell Darjeeling, wahrscheinlich einer dieser modernen Teebeutel, die wenig bis gar keinen Geschmack an das Wasser abgaben. Es hatte den Anschein, als hätte das Küchenmädchen der Kanne Wasser den Teebeutel einmal kurz gezeigt. So konnte man auch sparen.

Beanstock war ein Verfechter des losen Tees. Die Teezubereitung sollte zelebriert werden. Ein Löffel für jede Tasse und einer für die Kanne. Heißes Wasser, nicht kochend. Die Kanne aufwärmen. Dann erst aufgießen. Dazu gehörten eine Kanne heißes Wasser, falls ein Gast den Tee zu stark empfand, ein Sahnekännchen, Zucker und Zitronenscheiben. Es war eine heilige Zeremonie und langjährige Tradition im Königreich.

Vielleicht würden diese Beutel in den nächsten Jahren besser werden, aber Beanstock bezweifelte das.

Das Gespräch am gestrigen Tag hatte sich zwischen dem Gärtner Mr Brown, der bereits seit zwanzig Jahren bei den Geschwistern Pomeroy arbeitete, und dem Küchenmädchen Dolores, einer dunkelhaarigen Spanierin, entsponnen.

„*Eso es una injusticia*, ich war das gar nicht!", hatte Dolores gerufen und einen Teller mit Kuchen auf den Tisch geknallt. Der Gärtner war auf seinem Stuhl emporgehüpft. Er hatte einen ordentlichen Schreck bekommen, war wohl kurz vor seiner Tasse Tee eingenickt gewesen.

„Was warst du nicht? Hast du wieder eine Vase zerbrochen? Warst du an der Vitrine mit den mongolischen Dolchen? Du weißt, du sollst nichts im Salon berühren", hatte Mr Brown wissen wollen.

„Ich habe nichts angefasst. Das bildet sich die Alte ein!", hatte das Mädchen erbost geantwortet. „Es fehlt etwas." Dabei hatte sie die Stimme gesenkt und sich nervös umgesehen. „Dieses alte verrostete Ding da im Salon, dieses komische ... was weiß ich, was das sein soll. Jedenfalls ist es weg und die Fortescue hat Ärger mit der *Señora* bekommen. Und die Hausdame hatte nichts Besseres zu tun, als mich anzuklagen. Dabei war ich noch nicht mal in der Nähe von dem Ding. Wenn ich der Lady den Tee bringe, bin ich froh, wenn ich sofort wieder gehen kann."

„Welches Ding meinst du denn?", hatte Mr Brown gefragt und den Fehler begangen, an seinem Tee zu nippen. Er hatte das Gesicht verzogen.

„Kannst du für die Angestellten nicht mal einen besseren Tee machen? Der schmeckt ja wie brackiges Wasser, Dolores. Die Damen im Salon bekommen bestimmt besseren Tee und die Gäste sicher auch. Sonst würde es Beschwerden hageln."

„Der Tee ist Anordnung von Mrs Fortescue. Sie spart an allen Enden. Ich meine dieses alte verrostete Ding, das neben der Tür vom Salon rechts in der Vitrine stand."

Der Gärtner hatte einen Moment intensiv nachgedacht. Beanstock hatte von seinem Notizbuch aufgeschaut, in dem er täglich die Vorkommnisse des Tages notierte, und die Szene genau beobachtet.

„Ach, du meinst die Bettpfanne!", hatte der Gärtner gerufen. „Die ist uralt. Soll vom achten oder zehnten Henry Pomeroy sein, oder war es der Vierzehnte? Kein Mensch weiß das. Die haben doch einen Haufen Zeugs im Salon und in der Bibliothek angehäuft. Die Bettpfanne ist total verrostet und der Deckel fehlt. Lady Margaret wird sie selbst entfernt haben. Mach dir keine Gedanken."

Dolores schien nicht beruhigt gewesen zu sein.

„Eine Bettpfanne? Wie eklig! Was soll ich denn damit anfangen? Die würde doch niemand kaufen wollen. Ich sage dir was, es war die Verrückte. Die schleicht hier jede Nacht durchs Haus. Ich habe sie gehört und Louise auch. Sie hat sie sogar mal gesehen, auf dem Flur, da, wo der große Wäscheschrank steht. Hat irgendwas herumgeschleppt. Die hat doch nicht alle Löffel im Kasten", sagte Dolores.

Der Gärtner hatte sich erhoben, seinen schmerzenden Rücken durchgedrückt und gelacht.

„Das heißt, nicht alle Tassen im Schrank, mein Kind. Lady Anne ist harmlos. Ich mag sie und ihr Vater mochte sie auch. Auf jeden Fall mehr als ihre Schwester Margaret. Die kam von ihrem Aufenthalt in der Schule für höhere Töchter in der Schweiz zurück und riss hier sofort alles an sich. Ihr Vater wusste schon, warum er sie auf das Internat weggeschickt hatte. Die war schon als Kind schlimm. Anne dagegen ein Sonnenscheinchen. Aber das war zu Ende, als der alte Pomeroy gestorben war und Margaret hier das Kommando vollkommen übernommen hat."

Dolores hatte sich endlich etwas beruhigt.

„Die Rosen warten. Ich muss los und gebe dir noch einen Rat, Dolores, lass dich nicht wieder mit Jordan ein. Der ist zu jung für dich und du weißt, was die Hausdame gesagt hat. Du fliegst, wenn sie dich noch einmal erwischt", hatte der Gärtner gesagt und war gegangen. Dolores hatte ihm kokett grinsend hinterher gesehen.

Beanstock hatte sich in seinem kleinen schwarzen Notizbuch alle Fakten notiert, die er gehört hatte. Man konnte nicht wissen, ob man sie noch einmal brauchen würde.

Dieses Gespräch ging ihm durch den Kopf, als er nun auf den verschlungenen Wegen durch den Park spazierte. Natürlich immer einen sorgsamen Blick zurück auf die Herren, die auf der Terrasse endlich ihren Nachmittag genossen.

Frederick,
Earl of Berrisforce, gibt sich die Ehre

Ein Ritter des schottischen Distelordens sollte sich seiner Bedeutung wohl bewusst sein. Der Orden und die Ritterwürde wurden vom jeweiligen Souverän Großbritanniens verliehen.

In diesem exklusiven Orden mussten von sechzehn Mitgliedern vierzehn Ritter schottischer Abstammung sein. Jeweils zwei Mitglieder sollten aus England stammen. So wurde es vor langer Zeit bestimmt.

Einmal jährlich versammelten sich die Ritter in Anwesenheit des Souveräns zu einem Gottesdienst.

Alle Anwesenden trugen die Insignien und Tracht des Ordens. Was nicht immer einfach war. Vor allem, wenn der jeweilige Ritter einen etwas größeren Bauchumfang sein Eigen nannte. Der lange dunkelgrüne Mantel mit den goldfarbenen Quasten hatte in der Vergangenheit des Öfteren einen der stolzen Ritter zum Stolpern gebracht. Zum Glück standen immer hilfreiche Diener bereit, die dem Gestrauchelten den schweren schwarzen Samthut mit der Reiherfeder zurück auf den Kopf setzten.

Sir Frederick, der zehnte Earl of Berrisforce, war

im November des Jahres 1945 noch vom vorherigen Souverän, King Georg VI., in den Orden berufen worden. Genauer gesagt am 30. November, dem Ordenstag.

Es war ein überaus festlicher Akt. Eine der seitlichen Kapellen in der Kathedrale von Edinburgh wurde zu diesem Zweck mit den Bannern der früheren und aktuellen Ritter geschmückt.

Nun hing dort also seit 1945 auch das Banner derer von Berrisforce, gekreuzte Heugabeln mit einem Wappentier, das bei flüchtigem Hinsehen einer Heuschrecke sehr ähnlich sah, und das Ganze auf rosafarbenem Grund. Seine Majestät, King Georg, hatte das Banner mit einem verklärten Blick betrachtet und sich verlegen geräuspert.

Anschließend trafen sich die Angehörigen des Ritterordens im Thronsaal des Holyrood Palace zu einem ausgiebigen Festessen. Der ein oder andere Bedienstete war vielleicht der Meinung, dass die Herrschaften vor allem wegen des üppigen Festessens erscheinen würden. Sie würden dies natürlich niemals laut äußern. Nach der eher langatmigen Zeremonie in der Kathedrale war der Durst umso größer und die Diener konnten gar nicht schnell genug nachschenken.

Die Ritter sollten sich auf keinen Fall vernachlässigt fühlen. War doch das Motto des Distelordens: *„Nemo me impune lacessit – niemand provoziert mich ungestraft."*

Aber am heutigen Tag war der Earl of Berrisforce, Ritter des traditionsreichen Distelordens, in anderer Mission unterwegs. Er war auf dem Weg nach Bath, um seine Gattin, Lady Mildred, nach Hause zu holen. Mit Schaudern dachte er, bequem in den weichen Polstern seines Rolls Royce sitzend, an die Kondolenzbekundungen der Leute. Er seufzte. Alles war so furchtbar kräftezehrend. Und was das wieder für ein Aufwand werden würde, von den Kosten gar nicht zu reden. Er seufzte erneut.

Dann kam sofort sein Lächeln zurück und er öffnete das Fach der kleinen Bar, die er einbauen lassen hatte, genehmigte sich ein Glas Champagner und dachte über sein weiteres Leben nach.

Der Chauffeur im Fond des Wagens sah vorsichtig in den Rückspiegel. *Da war ja jemand gar nicht mal so unglücklich über den Tod seiner Gattin*, dachte er. Verwunderlich empfand er es nicht. In den Kreisen der Dienerschaft auf dem Stammsitz der Familie, *Raven Woodhouse* in Kent, war man allgemein informiert über die Vorlieben des Earl. Auf keinen Fall hatte er jemals mehr als einen Gedanken an seine Frau verloren und seine Angetraute war mit dem Arrangement zufrieden gewesen. Ihre Ehe war eine typische Zweckgemeinschaft gewesen, wie sie von Jane Austen in ihren Büchern so oft mit blumigen Worten beschrieben worden war.

Durch den Champagner in ausgelassene Stimmung geraten, musste sich Sir Frederick mithilfe seines Handspiegels erst einmal einen traurigen Gesichtsausdruck zurechtlegen. Denn sein Wagen fuhr in diesem Moment durch das breite Tor auf den Weg zum Kurhotel *Viscount Horatio Nelson*. Der Schein musste gewahrt werden. Mit einer ausladenden Geste fuhr er mit der rechten Hand durch sein blondes, fast weißlich wirkendes Haar.

Frederick of Berrisforce war ein schlanker, magerer Mann mit einer Vorliebe für schrille Farben. Auf seinem Stammsitz *Raven Woodhouse* übertrug My Lord diese exzentrische Vorliebe, die so gar nicht in das Neo-Renaissance-Anwesen passen wollte, auch auf seine Dienerschaft. Beanstock wäre entsetzt gewesen, hätte er den Butler des Earl gesehen, bekleidet mit giftgrüner Weste, hellblauer Hose, gelblichem Hemd mit einer hellblauen Fliege und, zu allem Überfluss, weiße Schuhe über grünen Socken.

Der silbergraue Rolls Royce hielt vor dem Hotel und der Chauffeur, in einer seltsam anmutenden orangegrünen Uniform, sprang aus dem Wagen und öffnete die Tür für seinen Herrn.

Im Eingang des Hauses erschien die Hausdame. Wie immer war auf ihrem Gesicht keine Spur eines Lächelns auszumachen. Mrs Fortescue begrüßte den Earl of Berrisforce mit einer leichten Verbeugung. Ihr Blick glitt kurz über den giftgrünen Anzug des Herrn. Nur die tiefschwarze riesige Schleife an seinem Hals ließ die Trauer nach außen erkennen. Angewidert zog sie eine ihrer Augenbrauen in die Höhe. Aber sie hatte den Herrn und sein seltsames Aussehen bereits kennengelernt.

„My Lord, Lady Margaret erwartet Sie in ihrem Salon. Wenn ich vorausgehen dürfte?", sagte sie mit einer Geste ihrer Hand in Richtung des Eingangs.

Dann wurde sie jedoch von der Ankunft eines silbergrauen Bentleys abgelenkt. Ein Mann in dunkler Chauffeuruniform stieg aus, sah mit einem Lächeln zu seinem Kollegen in Orangegrün und öffnete die hintere Wagentür.

Der Chauffeur des Earl sah an sich herunter und seufzte. Er beneidete den Kollegen in seiner eleganten dunklen Uniform mit den goldfarbenen blitzenden Knöpfen am Jackett.

Zur Überraschung der Hausdame kam nun auch noch Beanstock aus dem Hoteleingang und nickte ihr kurz zu. Dann ging er zu der Dame, die in diesem Moment aus dem Bentley stieg.

„Lady Fedora, es ist schön, Sie zu sehen. Sir Percival befindet sich in seiner Suite. Wunderbar, dass Sie früher anreisen konnten", sagte der Butler mit einem Lächeln auf dem Gesicht.

„Ich wollte Percy nicht allein lassen mit dieser unangenehmen Sache. Sie müssen mir alles darüber berichten. Ich schwänze die Abschlussveranstaltung des Blumencups in Parsley Field. Die Herrschaften müssen ohne mich zurechtkommen."

Inzwischen war auch die Zofe Lady Fedoras, Lizzy, ausgestiegen. Sie sah mit geröteten Wangen zu der Fassade des luxuriösen Hotels hinauf. Es war für sie die erste größere Reise mit My Lady in ihrer neuen Funktion. Sie wollte nichts falsch machen und war nervös.

Gonzales nahm die Koffer aus dem Gepäckfach und Lizzy trat zu ihm, um zu helfen.

„Das machen der Hotelpage und ich schon. Du nimmst das Schmuckkästchen an dich und gibst es an Mr Beanstock weiter. Er ist für die ordnungsgemäße Verwahrung des Schmucks verantwortlich. Du begleitest Lady Fedora", raunte er der Zofe lächelnd zu und reichte ihr den kleinen dunkelblauen

Schmuckkoffer. „Sicher möchte sie eine Tasse Tee zu sich nehmen." Lizzy nickte und folgte ihrer Herrin in das Hotel.

Der Earl of Berrisforce verbeugte sich galant vor My Lady, als sie an ihm vorbeiging. Sie nickte ihm leicht zu.

Die Hausdame begrüßte Lady Fedora, wünschte ihr einen angenehmen Aufenthalt, meinte, alles sei vorbereitet und wandte sich dann schnellstens wieder dem Earl zu. Beanstock war etwas verwundert über das schroffe Willkommen. Aber aus dem Bericht Sir Percivals und des Admirals hatte er von dem seltsamen Verhalten Lady Margarets gehört. Er führte das Verhalten der Hausdame darauf zurück.

Mrs Fortescue räusperte sich lautstark.

„Darf ich Sie nun zu Lady Margaret bringen, My Lord?", fragte sie mit genervtem Unterton. „Lady Margaret erwartet Sie bereits seit ..." Sie sah auf ihre Uhr, die sie stets bei sich trug. „Nun, seit immerhin dreißig Minuten, nicht wahr?"

Das Lächeln auf dem Gesicht des Earls verschwand und er setzte erneut seine Trauermiene auf. Ihm war gerade noch rechtzeitig eingefallen, was der Anlass seines Besuches war, nämlich seine tote Gattin heimzuholen.

Dann wurde es interessant. Ein Polizeiwagen fuhr neben die beiden Wagen und Inspector Braddock erschien. Als er den Butler auf der Treppe sah, bekam sein Gesicht wieder diesen ungesunden rosa Farbton, den seine Kollegen so gut kannten. Das war meist der Vorbote einer riesigen Menge Ärger und Geschrei.

Inspector Braddock klopfte mit den Fingern seiner

linken Hand auf den Handrücken der Rechten. Er beruhigte sich etwas. Vor allem, da Beanstock aus seinem Gesichtskreis gerade im Hotel verschwand.

Inspector Braddock stellte sich Sir Frederick vor und folgte ihm dann in den Privatbereich des Hotels.

Dort informierte er, nicht besonders empathisch, den Earl of Berrisforce, dass seine Gattin einem Mord zum Opfer gefallen war und der Rechtsmediziner neben einem Schädeltrauma die Ursache für den Tod einer hohen Dosis Arsen zugeschrieben hatte. Der gute Inspector ließ sich umfassend über die Symptome einer Arsenvergiftung aus und den Anwesenden war klar, dass Lady Mildred nicht gerade eines leichten Todes gestorben war.

Lady Margaret hatte vor der Ansprache des Inspectors Tee geordert. Einer der Kellner servierte in diesem Moment im Salon und schnappte vom Bericht des Inspectors genug auf, um Hals über Kopf in die Küche zu laufen und den Anwesenden die Neuigkeit zu erzählen.

Das wiederum hörte ein gewisser Butler, der zur selben Zeit in der Küche ein Tablett mit Teegeschirr, Sahnekännchen und Zuckerdose befüllte. Auf dem Gesicht des Herrn erschien ein leichtes Lächeln, wirklich ein ganz leichtes.

Beanstock nahm das Tablett und begab sich in die Suite seiner Herrschaften, um ihnen endlich eine Erfrischung zu servieren. Das Hotelpersonal war damit im Moment überfordert. Es gab zu viel zu berichten und auszuwerten. Deshalb hatte sich Beanstock vor ein paar Minuten daran gemacht, selbst den Tee zuzubereiten.

Nun beglückwünschte er sich zu seinem guten Hörvermögen. Als er vor ein paar Wochen seinen jährlichen Termin bei der Ohrenärztin Dr. Wyman in London wahrgenommen hatte, hatte sie ihm das ausgezeichnete Gehör eines Luchses bescheinigt.

In der Suite der Baronets hatte sich Admiral McKenzie eingefunden. Lady Fedora hatte sich inzwischen etwas frisch gemacht und saß mit den beiden Herren vor dem großen Fenster zum Park.

Lizzy war im Nebenraum mit dem Auspacken beschäftigt. Gonzales inspizierte, nachdem er den Bentley auf den Hotelparkplatz gefahren hatte, sein Zimmer in der obersten Etage, gleich neben Beanstocks Zimmer. Auf dem schmalen Flur, von dem zu beiden Seiten die Zimmer des Personals abgingen, war ihm vor ein paar Minuten das Küchenmädchen Dolores entgegengekommen.

„*Buenos días Señor*", hatte sie mit einem koketten Augenaufschlag im Vorbeigehen gesagt.

„*Hola. ¿cómo está?*", hatte der Chauffeur natürlich sofort interessiert gefragt. „*¡Qué guapa! ¿Trabaja aquí?* Oder sind Sie mit einem Hotelgast angereist? Woher wissen Sie, dass ich spanisch spreche?"

Sie war kurz stehen geblieben, hatte sich mit einer eleganten Drehung zu ihm umgewandt und gelächelt.

„Ich weiß immer, wen ich vor mir habe, *Señor* Gonzales. Wir haben hier im Hotel unter uns Dienstboten wenige Geheimnisse. Das Buch an der Rezeption ist immer interessant. Ich arbeite in der Küche. Wir sehen uns."

Nachdem er seinen kleinen Koffer und den Kleidersack mit der Ersatzuniform in seinem winzigen Schlafraum, anders konnte man das Zimmerchen nicht beschreiben, abgelegt hatte, machte er sich auf den Weg in die Suite der Baronets.

Beanstock servierte den Tee und hatte auch an etwas Gebäck gedacht.

Vor einer Minute hatte der Butler Gonzales die Tür geöffnet. Er erkundigte sich, ob die Baronets heute noch einen Chauffeur benötigen würden. Das wurde verneint.

Interessiert lauschte er nun in angemessener Entfernung den Worten des Butlers.

Beanstock berichtete den Herrschaften von dem Gespräch in der Küche, das er mitgehört hatte.

Der Admiral war sofort zu allem bereit.

„Percival, wir müssen uns um diese Angelegenheit kümmern!", rief er und rieb sich die Hände.

Lady Fedora sah ihn mit aufgerissenen Augen entgeistert an.

„Lieber Admiral McKenzie, Sie werden doch nicht selbst einem Mörder hinterherlaufen wollen. Ach Gott, sie wurde mit Arsen vergiftet. Wie unangenehm. Wo bekommen die Leute denn so etwas her? Ist Gift nicht oft die bevorzugte Wahl von weiblichen Giftmischern?

Das herauszufinden, überlassen wir doch lieber der Polizei. Zumal es uns eigentlich überhaupt nichts angeht. Wir kennen die Familie Berrisforce nicht und aus Ihrem Bericht, lieber Beanstock, habe ich den Eindruck gewonnen, dass ich mit ihnen auch keine Bekanntschaft machen möchte. Wie kann man in so einem Aufzug anreisen, wenn man um seine Gattin trauert? Das hätte ich dir niemals zugestanden, Percy, Darling."

„Sie wären dann aber tot gewesen, geschätzte Lady Fedora. Da könnte dann Percival anziehen, was er wollte, ohne dass Sie es noch gesehen hätten. Genau das ist auch der Grund, warum wir tätig werden müssen. Niemand kümmert sich um die arme Mildred. Es scheint von ihrer Familie niemanden zu interessieren, dass sie auf so abscheuliche Weise ums Leben gekommen ist", sagte der Admiral und zwinkerte Sir Percival verschwörerisch zu.

„Ach, mein lieber Horatio, Ihnen ist langweilig. Ist es nicht so?", fragte Sir Percival.

Der Admiral wackelte mit seinem Kopf und grinste breit.

„Wenn ich etwas vorschlagen dürfte, Sir?", meldete sich Beanstock zu Wort. Man nickte ihm zu, natürlich auch Gonzales, der nun voll Interesse war, dass es einen neuen Fall zu lösen geben würde.

„Zuallererst müssen wir mehr in Erfahrung bringen. Einerseits über die Familie derer von Berrisforce, dann über den letzten Tag der Lady Mildred und letztendlich mehr über das Personal und die Gäste des Hotels. Dabei dürfen wir vor allem Lady Margaret und ihre Schwester Anne nicht außer Acht lassen. Ich schlage eine Vorgehensweise vor, die niemanden von den Herrschaften in Gefahr bringen sollte. Seien Sie beruhigt, Lady Fedora."

Gonzales war langsam nähergetreten.

„Ich könnte mich um das Befragen des Personals kümmern. Auf dem Weg zu meinem Hotelzimmer habe ich bereits Kontakt aufgenommen", sagte er voller Energie.

„War das eine junge Dame?", fragte der Butler mit einem leichten Stöhnen in der Stimme.

Gonzales nickte.

„War es das Küchenmädchen Dolores?"

„Woher, *maldito*, wissen Sie das schon wieder?"

„Nicht fluchen, Gonzales, vor allem nicht hier im Salon. Ich kenne Sie und ich kenne das Mädchen Dolores. Bereits am ersten Tag traf ich sie auf dem Flur, als sie nach einer wahrscheinlich kompromittierenden Situation aus einem Zimmer kam, das wohl nicht das ihre war. Man muss kein Detektiv sein, um daraus die richtigen Schlüsse zu ziehen."

„Tintenfisch und Makrelenschwarm, sie hatte also ein Stelldichein. Ist ja auch ein leckeres Mädchen. Drückt sich Ihr Butler immer so kompliziert aus, Lady Fedora?", fragte der Admiral.

Die Baronets lächelten.

„Trotzdem ist es eine gute Idee von unserem Chauffeur. Er wird sich auf jeden Fall, ohne dass jemand Verdacht schöpft, mit dem Personal unterhalten können. Ich würde denken, dass der Admiral und Sir Percival einiges über die Familie der Berrisforces herausbekommen könnten. Ich würde mich vorerst um die Besitzer des Hotels kümmern. Die Hausdame ist eventuell eine gute Quelle, aber sie ist überaus schwierig."

„Und ich darf gar nichts beitragen?", meldete sich nun Lady Fedora. Sie schien verstimmt.

„My Lady, wenn Sie sich dazu in der Lage fühlen, wäre es gut, sich einmal mit dem Arzt des Hotels, Dr. Filipus Norton, zu unterhalten. Sicher weiß er eine ganze Menge über das Hotel und auch über Lady Mildred. Lizzy könnte Sie unterstützen. Sie wäre sicher eine Hilfe. Außerdem habe ich den Blick des Earl of Berrisforce bemerkt. Vielleicht können Sie sich später ebenfalls mit ihm unterhalten."

„Fragen Sie einfach nach seinem Distelorden und Sie werden sehen, wie bereitwillig er Antwort geben wird", sagte der Admiral. „Was hat mir die gute Mildred mit diesem Orden in den Ohren gelegen. Er muss wahnsinnig stolz darauf sein."

Lady Fedora nickte zustimmend.

„Wichtig wäre für uns, herauszubekommen, wer zur Tatzeit hier in Bath gewesen ist und wem Lady Mildreds Tod nutzen würde. Also sollten wir Alibis und Tatmotive sammeln. Noch ein kleiner, aber durchaus wichtiger Hinweis. Gehen Sie alle Inspector Braddock aus dem Weg. Er ist kein sehr einfühlsamer Polizist. Kein Vergleich mit unserem Inspector Greenwood in Parsley Field. Ich sprach mit ihm bis jetzt ein Mal, aber mein Eindruck war, einen Mann mit äußerst cholerischem Charakter getroffen zu haben", sagte Beanstock.

„Das können wir auf jeden Fall bestätigen", sagte Sir Percival.

Es klopfte an der Tür, sie flog auf und wie auf einen geheimen Befehl trat der soeben beschriebene Inspector Braddock in den Salon. Im Schlepptau hatte er einen Constable mit gezücktem Notizblock. Ein anderer Polizist wartete vor der Tür.

Die verschworene Gemeinschaft im Salon verstummte sofort und die Herrschaften am Tisch versteckten sich hinter ihren Teetassen. Gonzales sah sich sehr interessiert einen Schrank an und Beanstock reichte Gebäck. Lizzy war noch im Nebenraum. Sie hatte das Gespräch im Salon durch die offene Tür mitgehört, blieb lieber auch dort, als sie verstand, wer gerade den Raum betreten hatte. Die Nervosität wäre für jeden anderen als Inspector Braddock mit Händen zu greifen gewesen. Aber der Polizist bemerkte nichts.

„Da habe ich die gesamte Mannschaft ja gleich auf einem Haufen vereint", sagte er ohne Umschweife.

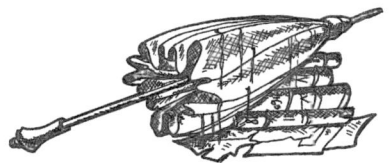

Viele kleine Puzzleteile

Die Befragung durch Inspector Braddock verlief alles andere als angenehm.

Nachdem sich alle Anwesenden zum wiederholten Male hatten ausweisen müssen, sagte er, mit jedem der Anwesenden allein reden zu wollen. Zu diesem Zweck sollten sich alle nacheinander im Salon des Hotels einfinden.

Lady Fedora verwahrte sich sofort gegen dieses Ansinnen mit der Begründung, sie sei mit ihrer Zofe und dem Chauffeur gerade erst in Bath eingetroffen.

„Was bitte sollte ich Ihnen denn zu erzählen haben? Es ist schlimm genug, dass Sie meinen Gatten verdächtigen, etwas mit einem Mord zu tun zu haben", sagte sie. „Wie lange wollen Sie denn die beiden Herren noch verdächtigen und verhören? Sollten Sie nicht den wahren Mörder verfolgen, oder was Polizisten so alles verfolgen, anstatt krude Anschuldigungen zu verbreiten? Sir Percival hat eine schwere Erkrankung hinter sich und ist gar nicht in der Verfassung, eine Straftat zu begehen. Geschweige denn einen Mord zu planen und dann die Leiche in ein Boot zu setzen. Ohne unseren Anwalt werden wir gar nichts sagen."

Sir Percival sah seine Gattin mit einer Mischung aus Hochachtung und etwas Verärgerung an. Verärgerung, da man ihm nicht zutraute, eine Tat zu planen und auszuführen, aber Hochachtung über die ausgezeichnete Meinung, die seine liebe Frau von ihm hatte. Also im Grunde genommen war er sich nicht im Klaren, ob er sich freuen oder verstimmt sein sollte. Er entschied sich für die Freude.

Beanstock meldete sich zu Wort und wollte zu reden beginnen. Das erstickte der Inspector im Keim.

„Von Ihnen habe ich schon genug erfahren. Ich werde demnächst auf jeden von Ihnen zurückkommen, auch auf Sie, junge Frau! Ich kenne Sie nicht! Noch nicht, das werden Sie bald erfahren! Weisen Sie sich aus!", rief er laut in Richtung von Lizzy, die in der Tür zum Schlafraum erschienen war. Da war er wieder, der aufgeregte, cholerische Inspector. Lizzy zeigte ihren Ausweis und der Constable notierte fleißig.

„Ich wollte anmerken, dass im Salon des Hotels eine Lesung stattfindet, Sir", sagte Beanstock und neigte seinen Kopf in Richtung des Inspectors. „Für eine polizeiliche Vernehmung ist diese Räumlichkeit im Moment eher nicht geeignet. Wenn ich einen Vorschlag machen dürfte ..."

„Dürfen Sie nicht!", rief Braddock und klopfte auf seinen Handrücken. „Ich kann mir meine Verhörzimmer selbst suchen! Constable Smith!", schrie er mit heiserer Stimme zur Zimmertür hin. Der Polizist, der neben ihm stand und Namen notierte, bekam einen furchtbaren Schreck und ließ seinen Stift fallen.

Er bückte sich schnell danach. Der Inspector sah ihn tadelnd an.

Die Tür wurde sofort aufgerissen und ein uniformierter Constable stand stramm unter dem Türrahmen.

„Suchen Sie einen Raum im Hotel, in dem wir arbeiten können. Na los, stehen Sie nicht herum wie ein Triangelspieler, der seinen Einsatz verpasst hat, machen Sie schon!", rief der Inspector.

Lady Fedora musste angesichts des unprofessionellen Auftretens des Kriminalbeamten mit dem Kopf schütteln. Gonzales dagegen fand die Szene ungeheuer amüsant. Lizzy war inzwischen zu ihm getreten und gab ihm einen Stoß in die Seite.

„Hör auf, dich zu amüsieren. Das ist nicht lustig", sagte sie leise und sah ihn böse an.

„Doch ist es", flüsterte Gonzales. „Der weiß noch nicht, wen er mit Señor Beanstock vor sich hat."

Nun kicherte auch Lizzy.

Beanstock wies sie ohne Worte mit einem Blick zurecht. Die beiden sahen zu Boden und kicherten weiter.

Schließlich ging der Inspector. Er folgte seinen Constables zurück in die Hotelhalle.

Ich lasse mich versetzen, vielleicht zur Kleinkriminalität. Ein gestohlenes Fahrrad hier, ein verschwundenes Kätzchen dort, dachte er, als er den Raum verlassen hatte. *Es gibt einfach keinen Respekt mehr unter den Kriminellen. Und schuldig ist die ganze Gesellschaft dort im Zimmer. Alles potenzielle Verbrecher und so werde ich es dem Super auch berichten. Noch diesen einen Fall und ich bin weg.*

In der Suite der Baronets klatschte Sir Percival mit neuem Tatendrang in die Hände.

„Auf geht´s. Machen wir uns an die Arbeit. Unsere *Detektiv-Society* ist bereit, zuzuschlagen!", rief er und stand auf.

Lady Fedora verdrehte gar nicht *ladylike* die Augen. Der Admiral lachte lauthals.

Beanstock und Lizzy gingen in die Hotelhalle und dann weiter in einen Flur, wo sich das Sprechzimmer des Arztes und das Büro der Hausdame befanden. Lady Fedora hatte Lizzy beauftragt, einen Termin bei Dr. Norton zu machen. Beanstock würde sich nach der Hausdame umsehen. Gonzales war auf dem Weg in die Küche. Die Herren Freizeitdetektive, Sir Percival und Admiral Horatio, begaben sich auf die hintere Terrasse, wo sie den Earl of Berrisforce an einem der Tische entdeckt hatten.

Beanstock nickte befriedigt. Es sollte doch etwas herauszubekommen sein, wenn man so ein fähiges Team hatte. Allerdings behielt er im Hinterkopf, ein wachsames Auge auf Sir Percival und den Admiral zu haben. Die Herren könnten sich in ihrem Eifer in Gefahr bringen. Er hatte Gonzales auf dem Weg nach unten darauf aufmerksam gemacht. Der Chauffeur hatte zustimmend genickt.

Der Butler überlegte, ob es eine gute Idee wäre, die geheime Dienstbotenvereinigung *Daisy Chain* zu kontaktieren. Die Verwicklung eines Mitglieds des Personals stand nicht hundertprozentig fest. Aber es sollten alle Aspekte bedacht werden. Wahrscheinlich würde ein Gespräch mit Mr Black in London aufschlussreiche Informationen bringen.

Frederick, Earl of Berrisforce, saß mit übereinandergeschlagenen Beinen in einem der weißen Korbsessel auf der Terrasse und war bereits von Weitem nicht zu übersehen. Man bekam fast den Eindruck, ein bunter Pappnasenclown wäre zur Kur im Hotel. Sir Percival und der Admiral betrachteten amüsiert dieses vielfarbige Bild von der offenen Tür aus.

Ein Kellner erschien mit einem Tablett und servierte dem Earl eine breite Auswahl an exquisiten Kleinigkeiten. Kaviar aus den Flüssen Russlands, Austern aus Frankreich und Champagner, natürlich ebenfalls aus Frankreich. Nicht diesen billigen Fusel, den man ihm zuerst vorgeschlagen hatte. Er war ein Herr von Welt und konnte sich Besseres leisten. Der Earl nippte an einem Glas Champagner, das ihm der Kellner soeben offeriert hatte, verzog kurz das Gesicht und sah dann den Mann anklagend an.

„Man muss wohl damit zufrieden sein", sagte er dem Kellner, der rote Wangen bekommen hatte.

„Lady Margaret hat diese Flasche aus ihrem eigenen Weinkeller holen lassen, My Lord."

„Das sagt sehr viel über den Weinkeller der Lady aus. Entfernen Sie sich", sagte My Lord mit einer gezierten Geste seiner Hand.

Sir Percival hob angewidert die Augenbrauen.

„Wir sollten versuchen, so viel wie möglich aus ihm herauszubekommen. Ich möchte vermeiden, dass Fedora mit diesem Kerl sprechen muss. Da haben wir einen ganz wunderbaren Vertreter der blaublütigen Zunft. Das wird sicher schwierig werden, Horatio", flüsterte er dem Admiral zu.

"Das wird ganz einfach, Percival, wir müssen an sein Ego appellieren. Er wird sofort darauf einsteigen. Lassen Sie mich machen."

Die beiden setzten ein Lächeln auf, schlenderten zu dem Tisch des Earls hinüber und stellten sich vor.

"My Lord, dürfen wir Ihnen unser Mitgefühl aussprechen? Ein Mann in Ihrer Position und mit Ihren Verpflichtungen hat doch sicher kaum Zeit und Muße, um sich hier in Bath längere Zeit aufzuhalten. Wie schaffen Sie das?", sagte der Admiral, setzte eine traurige Miene auf, stieß dem Baronet kurz in die Seite und nickte mitfühlend. Sir Percival faltete sofort seine Hände.

"Wir werden für Ihre Gattin beten", sagte er.

Frederick of Berrisforce nickte ihnen dankbar zu und bat sie, an seinem Tisch Platz zu nehmen.

"Kannten Sie meine liebe verblichene Gattin?"

"Wir haben uns des Öfteren sehr angeregt unterhalten. Daher wissen wir von Ihrer Auszeichnung mit dem Distelorden. Das ist etwas ganz Besonderes. Ich beneide Sie, My Lord", sagte der Admiral.

Frederick of Berrisforce nahm mit einer gezierten Bewegung ein Spitzentaschentuch aus seiner Jacketttasche und rieb an seinen vollkommen trockenen Augen herum. Das Erzeugen von richtigen Tränen wollte ihm nicht glücken.

"Helfen Sie mir auf die Sprünge. Die Familie derer von Berrisforce lebt in Kent, nicht wahr?", fragte der Baronet.

Seine Lordschaft griff zu seinem Champagnerglas und setzte eine arrogante Miene auf.

Er spielte mit dem Glas in seiner Hand, beobachtete das Sonnenlicht, das sich in dem wunderschönen Kristall brach, und machte es sehr spannend. Die beiden Herren dachten schon, er hätte sie vergessen und würde in höheren Sphären schweben. Sir Percival war angewidert über die Arroganz dieses Mannes.

„Nun, *Raven Woodhouse,* mein Anwesen in Kent, wurde vom ersten Earl of Berrisforce in barockem Stil erbaut. Es ist von einem weitläufigen Park umgeben und ich darf mit Stolz verkünden, dass die hundertfünfzig Zimmer von einer Heerschar von Dienern betreut werden.

Es ist natürlich nicht leicht für mich. Das Personal heutzutage ist überaus unfähig. Meine Gattin hat sich um die Personalfragen gekümmert. Sie musste oft durchgreifen und Leute entlassen.

Ich habe noch weitschweifende andere Aufgaben zu erfüllen. So berate ich das Königshaus in Dingen der indischen Belange. Wie Sie sicher wissen, ist das Land seit 1947 unabhängig und es gibt eine Menge Dinge zu berücksichtigen, die die Krone betreffen. Das indische Volk weiß gar nicht, was es da angerichtet hat mit der Unabhängigkeitserklärung. Unsäglich. Ich habe dort sehr lange als Botschafter gelebt. Dabei war es mir ..."

Admiral McKenzie unterbrach die Lobrede.

„Das ist wunderbar. Aber für einen so redegewandten Menschen, wie Sie es sind, My Lord, ist das eine Kleinigkeit. War Ihre liebe Gattin auch in Indien? Haben Sie sie dort vielleicht sogar kennengelernt?", fragte er.

„Ich interessiere mich sehr für die britischen Adelshäuser und ihre Geschichte. Vor allem, wenn man so einen ausgesprochen verdienten Vertreter, wie Sie es sind, treffen und sprechen darf", setzte Sir Percival hinzu. Ihm wurde fast schlecht, wenn er sah, wie sie dem Earl um den Bart gingen. Aber es war unerlässlich. Diesen Mann konnte man ausschließlich mit seinem Egoismus zu fassen bekommen.

„Meine liebe Mildred war eine geborene Duchess of Butterfield, alter Adel mit weitläufigen Ländereien in Kent, die ich nach der Heirat natürlich übernommen habe. Dazu ein altes Wasserschloss, in dem bereits Heinrich der Achte ein und aus ging. Es ist so schwierig, was auf meinen Schultern lastet", sagte My Lord Frederick und seufzte tief auf. Er nahm einen Schluck Champagner.

Das war dann wohl geklärt. Der Earl hatte seine Gattin schon vor ihrem Tod von sämtlichen Besitztümern befreit. Es könnte natürlich sein, dass der gute Mann eine jüngere Dame an der Angel hatte und seine alte Lady loswerden wollte.

„Schade, wenn Sie hier gewesen wären, hätten Sie den Tod Ihrer lieben Gattin sicher verhindern können", sagte Sir Percival mit einem leidvollen Gesichtsausdruck.

„Wohl wahr, wohl wahr, meine Herren. Aber es war mir nicht vergönnt. Ich war zu dieser Zeit in Indien und kam natürlich sofort zurückgeeilt, als ich von dem Verschwinden meiner Gattin hörte. Das versteht sich von selbst. Arme, gute Mildred. Nun, ich werde noch ein paar Tage hierbleiben, da die Formalitäten doch mehr Zeit in Anspruch nehmen. Das ist alles sehr unangenehm. Wir sehen uns sicher noch einmal. Meine Herren", sagte der Earl und sah die beiden Hobbydetektive lächelnd an.

Das war dann wohl als Aufforderung gemeint, ihn endlich in Ruhe zu lassen. Wahrscheinlich wollte er den Champagner allein genießen. Angeboten hatte er den beiden Männern nichts. Das wäre zu weit gegangen in seinen Augen. Dann kam also auch noch Geiz zu der Sünde des Hochmuts hinzu. Wie viele Sünden verbarg der Träger des Distelordens noch vor ihnen?

Die Herren erhoben sich und verneigten sich kurz.

Sie entfernten sich schnellstens aus dem Dunstkreis des Earls und gingen zurück in die Hotelhalle.

An einem Beet in der Nähe der Terrasse arbeitete Jordan, grinsend über das ganze Gesicht. Es gab wieder etwas zu berichten im Personalraum.

Gonzales saß zu der Zeit, als die beiden dem Earl um den Bart gingen, in der Küche bei einer Tasse tiefschwarzen Kaffees mit reichlich Zucker.

Ein langer blankgescheuerter Tisch zog sich durch den gesamten Raum. Der Koch Mr Pinker und das Küchenmädchen Dolores waren mit dem Putzen von Gemüse beschäftigt.

Den starken Kaffee verdankte er Dolores, die immer wieder einmal einen koketten Blick zu Gonzales warf. Aber solange Mr Pinker neben ihr stand, durfte sie sich nicht mehr erlauben. Das hatte die junge Frau Gonzales mit vielsagendem Augenrollen vermittelt.

Der Chauffeur stand auf, nahm seine Tasse und ging damit in den Nebenraum. Soeben war der Page Gregor erschienen und hatte sich nebenan mit einer

Zeitung an den Esstisch des Personals gesetzt.

Gonzales setzte sich zu ihm.

„Neuigkeiten?", fragte er so unschuldig, wie ihm möglich war.

„Nicht wirklich. Immer der gleiche Mist. Politik und Politik und Politik. Langweilig. Die machen doch sowieso, was sie wollen. Ich werde nicht gefragt", antwortete der Page und sah dabei weiter in die Zeitung.

Wer von der britischen Regierung hätte den Pagen des Hotels fragen sollen und warum?, dachte sich Gonzales.

„Nichts über den Mord, der hier passiert ist?", fragte er weiter.

„Das kriegen die nie raus. Dieser Inspector ist ein Idiot. Der hat uns alle schon verhört und in den Wahnsinn getrieben. Er hat tatsächlich gestern die gesamte Speisekammer und Küche durchwühlen lassen", sagte Gregor. Den letzten Satz hatte er geflüstert. Der Koch sollte das wahrscheinlich nicht hören.

„Mr Pinker hat einen Tobsuchtsanfall bekommen. Alles war durcheinander und Dolores musste es ausbaden", flüsterte er. „Dann haben sie auch noch das Gartenhaus durchwühlt. Nichts haben sie gefunden, gar nichts. Keine Ahnung, wonach die gesucht haben. Wissen die wahrscheinlich selbst nicht."

„Vielleicht nach Gift."

„Was denn für Gift? Ach klar, die alte Mildred wurde vergiftet. Aber in der Küche gibt es doch kein Gift. Oder?" Er warf einen besorgten Blick in Richtung Küche, schluckte schwer und schob seine halbvolle Tasse Tee weit von sich.

„Die Polizei kann niemanden ausschließen bei den Ermittlungen. Haben Sie einmal mit Lady Mildred gesprochen? Wie war ihr letzter Tag?"

„Hab mich nicht um sie gekümmert. Gab niemals Trinkgeld. Die war eine eingebildete Pute. Hat die ganze Zeit mit ihren Juwelen rumgespielt. Damit auch jeder sehen kann, wie reich die Berrisforces sind. Sie war aber einmal zu oft bei Dr. Norton im Zimmer. Das hat mir Sara, das Zimmermädchen, erzählt. Sie glaubt, die beiden hatten was zusammen. Dr. Norton macht sich an jeden weiblichen Gast ran, Hauptsache es gibt ein *von* im Namen. Am Tag ihres Verschwindens war sie bei ihm gewesen. Das weiß ich, weil ich am Morgen aus dem Lager Stühle holen musste. Als ich am Behandlungszimmer des Doktors vorbeikam, habe ich sie kichern hören. Sie wissen schon, kichern!" Der Page machte mit den Fingern die Andeutung von Gänsefüßchen.

„Aber mit dem Admiral hat sie sich auch gut verstanden, oder?"

„Mit diesem alten ... der ist ganz nett, denke ich. Gibt gutes Trinkgeld. Ja, stimmt, die beiden hingen oft zusammen rum. Sind auch draußen im Park jeden Tag rumspaziert. Die können sich das leisten. Konnte, im Falle der Dame, meine ich."

„Vielleicht hat der Admiral etwas mit dem Mord zu tun."

„Dachte ich auch erst, aber inzwischen nicht mehr. Nein, das muss jemand anderes gewesen sein und eins sage ich Ihnen noch. Hier im Haus geht etwas nicht mit rechten Dingen zu. Nachts gehe ich jedenfalls nicht mehr aus meinem Zimmer. Und Ihnen kann ich auch raten, Ihr Zimmer abzuschließen." Gregor stand auf, faltete die Zeitung zusammen und verließ die Küche.

Das war nicht sehr ergiebig gewesen. Vielleicht würde Dolores mehr wissen. Gonzales blieb noch im Essraum sitzen, denn in diesem Moment trat der Chauffeur des Earl of Berrisforce ein. Er ließ sich mit einem lauten Stöhnen auf einen Stuhl sinken und knöpfte die etwas zu eng geratene Jackettjacke auf. Vielleicht hatte man ihm diese Jacke auch etwas zu eng geschneidert und der beginnende Bauchansatz war nun im Weg. Die Farbe war auf jeden Fall sehr gewöhnungsbedürftig.

„Schwerer Tag?", fragte Gonzales.

„Du hast ja keine Ahnung. Ich darf doch Du sagen? Unter Kollegen? Mein Name ist Phil."

Gonzales nickte zustimmend. Eventuell würde er jetzt ein paar interessante Details aus dem Leben der Lady Mildred erfahren. Wahrscheinlich hätte der Fall nun eine vollkommen andere Wendung bekommen können. Aber dafür fehlten noch Puzzleteile. Der Chauffeur des Earls konnte eine Menge Details über das Leben in dem Haus der Berrisforce-Familie erzählen. Aber er war noch nicht sehr lange dort angestellt. Gonzales hörte ihm aufmerksam zu.

Beanstock begleitete Lizzy zu Dr. Norton, der am heutigen Tag in seinem Sprechzimmer anzutreffen sein sollte. Er klopfte und von der anderen Seite der geschlossenen Tür kam die Aufforderung, einzutreten. Beanstock nickte der Zofe zu. Er würde sich auf den Weg zum Büro der Hausdame machen. Lizzy öffnete die Tür zum Sprechzimmer.

„Die Sprechstunde ist für heute vorbei. Kommen Sie morgen", meinte der Arzt, ohne von einer Akte, die aufgeschlagen auf dem Schreibtisch lag, aufzusehen.

„Guten Tag, Sir, Lady Fedora möchte sich gern einmal mit Ihnen über die Fortschritte ihres Gatten, Sir Percival, unterhalten. Wann würde es Ihnen passen?", fragte Lizzy.

Der Arzt sah von seiner Akte auf.

„Lady Fedora? Die Gattin des Baronets? Sie kann natürlich sofort zu mir kommen. Wie wäre es in zehn Minuten?"

Lizzy deutete einen Knicks an und ging.

Auf dem Weg zur Suite der Baronets musste sie sich überwinden, nicht laut zu lachen. Seltsam, wie aufmerksam er plötzlich geworden war, als es hieß, eine Dame der besseren Gesellschaft möchte sich mit ihm unterhalten.

In diesem Teil des Erdgeschosses befanden sich noch ein Bügelzimmer, ein Raum mit mehreren großen Waschmaschinen und zwei Lagerräume. Beanstock hatte sich umgesehen, bevor er zum Büro der Hausdame zurückging. Mrs Fortescue hätte ihm derlei Neugier sicher nicht erlaubt.

Beanstock hatte das Büro der Hausdame erreicht und klopfte.

Hinter der Bürotür klirrte etwas. Kurz danach riss die Dame die Tür auf und sah zornig dem Störenfried entgegen.

„Mr Beanstock, was machen Sie hier?", fragte sie. Er hatte den Eindruck, die Dame bei irgendetwas gestört zu haben.

„Ich würde Sie gern kurz sprechen und werde Sie nicht lange aufhalten. Ich als Butler eines großen Hauses weiß um die vielen und wichtigen Aufgaben, die der Vorstand eines solchen Hotels zu bewältigen hat. Wenn ich mir Ihr Aufgabengebiet betrachte, bin ich sehr überrascht, dass Sie ohne einen Assistenten die täglich auftretenden, frustrierenden Probleme so ausgesprochen erfolgreich meistern. Meine Hochachtung", sagte Beanstock mit all seinem Charme, den er aufbringen konnte.

Er hatte die Dame an der richtigen Stelle erwischt.

„Aber warum stehen wir denn hier auf dem Flur? Bitte kommen Sie in mein Büro, nicht wahr? Setzen Sie sich und erzählen Sie mir, was ich für Sie tun kann. Ich war in meiner vorherigen Anstellung die angesehene Leiterin einer Seniorenresidenz und man hat mich ausgesprochen ungern gehen lassen ..."

„Davon bin ich vollkommen überzeugt. Vielen Dank", sagte der Butler und betrat das Büro. So viele Worte hatte er noch niemals aus dem Mund der Hausdame gehört. Das war ein guter Anfang für sein Vorhaben.

Er kam in einen großen, hellen Raum mit einem tiefen Erker auf der gegenüberliegenden Seite. Der Raum wurde von einem Schreibtisch beherrscht, der gut in einen Gruselfilm gepasst hätte. Das Möbelstück war übersät mit geschnitzten tiefschwarzen Figuren. Es hatte eine seltsame Form und bog sich in einem Halbrund um einen Stuhl, der nicht minder gruselig wirkte. Die Figuren auf Schreibtisch und Stuhl mussten einem sehr fantasievollen Tischler eingefallen sein. Ritter mit Schwert, Hellebarde oder Morgenstern wechselten sich mit Gargoyls ab, drachenköpfigen Wesen mit Fledermausflügeln. Selbst Beanstock, der schon eine Menge Dinge gesehen hatte, kam aus dem Staunen nicht heraus.

Auf der Platte des Schreibtisches entdeckte Beanstock mit seinem wachen Blick einen feuchten Ring, wie er entstand, wenn man ein Glas ohne Untersetzer abstellte. Der Farbe der Flüssigkeit nach zu urteilen, vermutete er Whisky oder ein ähnliches Getränk. Das war sicher das klirrende Geräusch, das er gehört hatte. Vielleicht hatte sich die Dame etwas genehmigt und schnellstens Flasche und Glas in den Tiefen des Schreibtisches verschwinden lassen.

„Dieses Monstrum stand hier, als ich anfing. Ich mag diesen Schreibtisch nicht. Setzen wir uns doch lieber in den Erker in die bequemeren Sessel", sagte Mrs Fortescue.

Die beiden setzten sich.

„Was kann ich für Sie tun, Sir?", fragte die Dame.

„Ich bin etwas neugierig."

Mrs Fortescue lachte geziert.

„Das Hotel ist ein interessanter Ort. Sir Percival hat von der Teestunde bei den Ladys Margaret und Anne berichtet. Sie müssen wissen, ich schreibe an einem Buch über die herrschaftlichen Häuser Englands und lege dabei besonderen Wert auf die Eindrücke des Personals. Ich würde gern mehr über die Familie erfahren. Sie als Hausdame würden dort im Buch natürlich als Quelle erwähnt werden und ich bin sicher, es wäre eine außerordentliche Bereicherung für das Werk." Die kleine Notlüge, hoffte Beanstock, würde man ihm verzeihen.

Er hatte sich für die richtige Notlüge entschieden. Mrs Gardenia Fortescue hatte in ihrem bisherigen Leben nicht sehr viel Anerkennung erfahren.

Aufgewachsen in einem Haus voller akademischer Familienmitglieder, ihr Vater Doktor der Ornithologie, ihre Mutter ein angesehenes Mitglied der *Königlichen botanischen Gesellschaft*, die sich der Forschung und Verbreitung von Wissen zur Pflanzenkunde verschrieben hatte, war die kleine Gardenia eher ein Sonderfall. Ihre beiden Schwestern, um einiges älter als Gardenia, hatten bereits im zarten Alter von fünf Jahren Anlass zu hochfliegenden Erwartungen gegeben und später in Oxford studiert.

Den Namen Gardenia hatte sie von ihrer Mutter erhalten. Wäre es nach ihrem Vater gegangen, hätte man sie auf den Namen *Columba Palumbus* getauft. Damit war die Ringeltaube gemeint, die ihr Vater überaus geschätzt hatte.

Später, als die kleine Gardenia in die Schule gekommen war und sich nach etlichen Gesprächen mit den Lehrern herausgestellt hatte, dass ihr drittes Kind wohl eher *normal* veranlagt war, hatte sich die Aufmerksamkeit ihrer Eltern in den kommenden Jahren in übersichtlichen Grenzen gehalten.

Gardenia wurde vergessen.

Und obwohl sich das kleine Mädchen bemüht, den Eltern bunte Zeichnungen zum Geburtstag gemalt oder kleine niedliche Dinge gebastelt hatte, waren diese Dinge niemals an der großen Korkwand im Flur ihres Hauses ausgestellt worden. Die außergewöhnlich guten Zeugnisse ihrer großen Schwestern und ihre sportlichen Auszeichnungen hatten dort gezeigt werden dürfen. Gardenias Exponate waren verschwunden.

Vielleicht war sie deshalb nach ihrer Ausbildung zur Hausdame an einer renommierten Londoner Schule nie wieder in ihr Zuhause nach Swindon zurückgekehrt. Ihre manchmal eher hartherzige und strenge Art war eine Folge des Fehlens elterlicher Liebe. Sie gestand sich dies nicht ein. Aber an manchen Abenden, wenn sie dem Whisky etwas zu viel Aufmerksamkeit gewidmet hatte, fiel ihr doch ein, wie oft man sie als Kind vernachlässigt hatte.

Geheiratet hatte sie niemals und später, als sie es aufgegeben hatte, einen Menschen zu finden, der ihrem Leben eine Bedeutung gegeben hätte, machte sie aus Miss Gardenia eine Mrs Fortescue. Sie hatte sich damit abgefunden, wie schon damals als kleines Mädchen, wenn ihre Schwestern sie gehänselt hatten.

Umso mehr gefiel ihr nun der Gedanke, dass ihr Name in einem Buch erscheinen sollte.

Mit geröteten Wangen hörte sie die Worte des Butlers, der ihr bis zu diesem Zeitpunkt eher als Störfaktor erschienen war. Ständig hatte er etwas zu bemängeln und viel zu oft traf man diesen Mann in der Küche an.

Er störte die vorschriftsmäßigen Abläufe im Hotel.

Erst neulich hatte sie, während ihres Kontrollgangs, aus dem Personal-Essraum Gespräche mitgehört. Der Butler hatte sich, wieder einmal, in der Küche aufgehalten und selbsttätig Tee aufgebrüht.

Für derlei Arbeiten wäre eigentlich das Personal des Hotels zu beauftragen. Aber dieser Butler richtete sich nach seinen eigenen Regeln. An diesem Tag hatte sie gesehen, wie aufmerksam er den Gesprächen im Essraum gelauscht hatte, während er auf das brodelnde Geräusch des Wassers im Kessel gewartet hatte.

Nun würde sie ihm diese naseweise Neugier gern verzeihen.

„Was genau möchten Sie wissen? Ich bin noch nicht sehr lange Hausdame in diesem Hause. Als ich vor einem Jahr hier meine Arbeit begann, fand ich einen vollkommen unorganisierten Haushalt vor. Es war eine Mammutaufgabe, das können Sie mir glauben."

Beanstock nickte mit verständnisvollem Blick.

„Ich kann es besser verstehen, als Sie denken. Die Organisation eines so großen Haushaltes ist eine zeitaufwendige Aufgabe und dann die Frage des Personals. Sind Sie mit den Leuten, die hier arbeiten, zufrieden? Sie wurden doch sicher von Ihrer Vorgängerin eingestellt."

Mrs Fortescue fühlte sich plötzlich sehr wohl in der Nähe des Butlers und rückte mit ihrem Sessel etwas näher an ihn heran. Beanstock hatte ein ganz seltsames Gefühl. Er hustete leise.

„Es ist so gewesen. Als ich hier angefangen habe, war zwar genügend Personal vorhanden, aber die Organisation ließ an den meisten Stellen zu wünschen übrig. Meine Vorgängerin war schlampig. Ständige Kontrolle ist in so einem großen Haus unabdingbar. Sie verstehen mich, nicht wahr?", sagte sie und rückte einen Zentimeter näher.

„Sie haben vollkommen recht. Gab es denn seitdem irgendwelche Neueinstellungen? Sagen wir, in der letzten Zeit?", fragte Beanstock.

„Ich musste zwei Personalfragen lösen. Das letzte Küchenmädchen hatte sich mit dem Pagen Nummer zwei bei Nacht und Nebel davongemacht und der Koch hat allein dagestanden. Das war inakzeptabel. Ich habe sehr schnell Ersatz finden können. Obwohl ich mit der jungen Dolores keine so glückliche Hand hatte. Ich musste mich mit ihr bereits des Öfteren über disziplinarische Angelegenheiten unterhalten. Dieses Küchenmädchen hat die Angewohnheit, dem männlichen Personal den Kopf zu verdrehen, und ihr ständiges Flirten stört den ordnungsgemäßen Ablauf im Hotel. Ich bin mir noch nicht sicher, ob wir diese junge Frau auf Dauer behalten können. Die anderen Mitglieder des Personals habe ich übernommen, als ich hier ankam."

„Gab es in der letzten Zeit irgendwelche Probleme mit Lady Margaret und Lady Anne?"

„Was für Probleme meinen Sie? Lady Margaret hat seit dem Tod des Vaters das Sagen hier im Haus. Lady Anne ist ... ein Sonderfall, nicht wahr?"

„Wie meinen Sie das? Sonderfall?"

„Sie kümmert sich nicht mehr um die Belange des Hotelbetriebes. Lady Margaret hat es ihr verboten. Ich hatte gleich zu Beginn meiner Anstellung das Gefühl, dass sie ihre Schwester Anne am liebsten loswerden möchte. Es gibt ständig Streit zwischen den beiden, bei dem meist Margaret als Gewinner hervorgeht. Lady Anne ist ... wie soll ich es nett ausdrücken? Sie ist verträumt und die meiste Zeit hier auf dem Gelände oder im Haus unterwegs. Sie läuft den lieben langen Tag herum und steht mir im Weg. Darum hat Lady Margaret auch einen Spezialisten angefordert. Sie wissen schon, was ich meine, nicht wahr? Diese Fakten sollten Sie in Ihrem Buch aber lieber nicht erwähnen."

Beanstock nickte verständnisvoll.

„Ansonsten sind die Mitglieder der Familie Pomeroy ziemlich zusammengeschrumpft. Es gibt diese beiden Schwestern und die werden wohl kaum noch irgendwann heiraten und Kinder in die Welt setzen. Wenn es die beiden nicht mehr geben sollte, wird das Erbe wohl an den Staat gehen. Ich habe jedenfalls noch nichts von irgendeinem entfernten Verwandten gehört, der hier weitermachen möchte."

„Es wäre für mein Buch von Interesse, einen Blick in die Personalakten zu werfen. Sehen Sie dafür eine Möglichkeit, Mrs Fortescue?"

„Sagen Sie doch Gardenia, Mr Beanstock. Was denken Sie, in diesen Akten zu entdecken? Ich weiß nicht, ob das für Ihr Buch notwendig ist. Ich würde einem so integren Herrn, wie Sie es sind, lieber Mr Beanstock, natürlich gern helfen."

Es wurde dem Butler langsam etwas unangenehm. Vielleicht sollte er Gonzales mit seinem weitschweifenden Wissen über das weibliche Geschlecht mit dieser Aufgabe betrauen.

„Die Personalakten befinden sich im Büro von Lady Margaret. Darauf hatte sie von Anfang an bestanden. Ich hatte sie darauf hingewiesen, dass Personalfragen in meinem Aufgabengebiet liegen, aber sie hat mir das kurz nach meiner Ankunft abgenommen und entscheidet nun über derlei Dinge. Im Falle einer neuen Anstellung oder einer Entlassung würde sie mich zwar fragen, aber entscheiden möchte My Lady. Nicht wahr?"

Das schien ein wunder Punkt zu sein. Beanstock erhob sich. Er hatte etwas herausbekommen, aber immer noch nicht genug, um daraus Folgerungen ziehen zu können. Hoffentlich hatte Gonzales mehr Glück. Trotzdem blieben ihm die Personalakten irgendwie im Hinterkopf hängen. Sein Instinkt sagte ihm, dass es wichtig wäre, mehr über das Personal zu wissen.

Als Nächstes wollte er sich an der Rezeption eine Gästeliste besorgen. Er fragte Mrs Fortescue, die er weiterhin ordnungsgemäß mit Nachnamen ansprach, ob es möglich wäre, so eine Liste zu bekommen.

„Ich verstehe nicht, was das mit Ihrem Buch zu tun hat. Aber wenn Sie meinen. Ich werde Anweisung geben, dass Sie das Gästebuch einsehen dürfen. Dieser schreckliche Inspector Braddock hat sich unser Gästebuch auch schon intensiv angesehen. Fürchterlicher Mensch, nicht wahr? Stellen Sie sich vor. Er wollte hier im Hotel ein Zimmer zugewiesen bekommen, um seine Verhöre durchführen zu können. Was für ein Ansinnen. Lady Margaret hat ihm das zum Glück abgeschlagen. Was für ein unangenehmer Zeitgenosse."

Beanstock nickte ihr mitfühlend zu.

„Wo waren Sie an dem Tag, als Lady Mildred verschwand?", fragte er.

„Natürlich hier im Haus. Ich habe die erste große

Suchaktion geleitet. Zuerst inspizierte ich mit der Zofe das Zimmer, aber laut des Mädchens war alles an seinem Platz. Es fehlte keinerlei Kleidung und auch kein Schmuck. Seltsam fand sie, dass die Dame in Pantoffeln, Nachtwäsche und mit Lockenwicklern auf dem Kopf verschwunden war. Sehr eigenartig war auch, dass die Klingel kaputt war. Der Draht war gerissen. Sie hätte also gar nicht nach ihrer Zofe klingeln können. Ach Gott, das hatte ich ganz vergessen, dem Inspector zu sagen. Ach was. Das ist sicher unwichtig. Der Hausmeister muss es wieder richten, wenn das Zimmer endlich freigegeben wird von der Polizei. Diese Affäre wirft ein furchtbares Licht auf unser Hotel."

Beanstock fand die Sache mit dem durchtrennten Draht sehr interessant. Er verabschiedete sich mit einer kleinen Verbeugung und ging.

Auf dem Weg zurück in die Hotelhalle atmete er tief ein und aus. Er hatte das Büro der Hausdame am Ende irgendwie stickig und als zu warm empfunden. Oder war dieses Gefühl der Tatsache zuzuschreiben, dass Mrs Fortescue ihm so nah gekommen war, dass ihm ihr Parfüm, ein Hauch von Flieder, in der Nase gekitzelt hatte?

In der Hotelhalle angekommen, ging er zur Rezeption. Mrs Fortescue hatte bereits über das Haustelefon die Anweisung gegeben, ihm behilflich zu sein. In der folgenden Viertelstunde sah Beanstock die Namen der angekommenen und abgereisten Gäste durch, bis zu dem Tag, an dem Lady Mildred verschwunden war. Er notierte die infrage kommenden Namen auf einem Blatt Papier, das ihm die Rezeptionistin gegeben hatte.

Dann traf er eine Entscheidung.

Er würde *Daisy Chain* kontaktieren. Bath gehörte zu England, also würde er mit Mr Black sprechen. Was konnte es schaden? Vielleicht gab es einen Treffer, der ihn weiterbringen würde. Die Personalakten wären sicher einen Blick wert. Um dort Einsicht zu nehmen, musste ein Plan her.

Dr. Filipus Norton stand vor dem Spiegel in seinem Behandlungszimmer, das er mehrmals in der Woche nutzte, um Kurpatienten zu untersuchen und gegebenenfalls Medikationen anzupassen.

Hier fand auch die Erstuntersuchung statt, wenn ein neuer Kurgast angereist war. Gern, besonders gern, riet er den Gästen, eine Trinkkur ins Auge zu fassen. Dabei legte er besonderen Wert darauf, dass die Damen und Herren das Wasser des legendären *Pump Room* nutzten. Hier hatte bereits Jane Austen die heilsamen Kräfte des Wassers aus Bath genossen. Der gute Doktor ließ unerwähnt, dass er für jeden Gast, den er dem *Pump Room* schickte, einen Bonus zu erwarten hatte. Es war Dr. Norton gleichgültig, ob er einen Patienten mit Lungenproblemen oder einem kaputten Knie vor sich hatte. Die Trinkkur wurde angeraten.

Filipus Norton sah sein Spiegelbild mit Wohlgefallen. Er war Mitte fünfzig und hatte eine gute, wenn auch nicht athletische Figur. Er trug ausschließlich teure Maßanzüge und handgefertigte Schuhe. Am Abend widmete er sich gern der Musik von Händel. Sein Haar war leider etwas dünn geworden, was er der aufreibenden Arbeit zuschrieb.

Ein Laster hatte Dr. Norton.

Er fühlte sich zu Damen fortgeschrittenen Alters hingezogen, aber von Adel mussten sie sein. Das war ihm überaus wichtig. Darum stand er in diesem Moment vor dem Spiegel, rückte seine Krawatte zurecht, strich sich über das bräunliche Haar und pflückte sich einen Fussel vom Jackett.

Es klopfte.

Er hustete kurz, damit seine Stimme angenehm klang, und ging zur Tür. Auf dem Weg dorthin rückte er einen Sessel gerade und begutachtete kurz das Teetablett auf dem kleinen runden Tisch vor dem Fenster, das vor ein paar Minuten von dem Küchenmädchen Dolores gebracht worden war.

Mit einem Lächeln öffnete er die Tür und sofort verschwand dieses vor dem Spiegel so gut einstudierte Lächeln. Lady Fedora kam nicht allein. Sie hatte ihre Zofe dabei, was dem Doktor überhaupt nicht behagte. Aber es gab sicher noch andere Gelegenheiten.

Dem ist das Lachen aber schnell vergangen, dachte Lizzy, *ich störe hier scheinbar.*

„Bitte, kommen Sie herein. Ich bin Dr. Filipus Norton. Ich freue mich, Sie kennenzulernen, My Lady. Nehmen Sie doch Platz. Ich habe mir erlaubt, eine Erfrischung bereitzustellen", sagte der Doktor mit einschmeichelndem Tonfall.

So weit sind wir also schon. Eine Erfrischung? Na, das wird lustig, dachte Lizzy.

Lady Fedora folgte dem Doktor in den kleinen Erker, wo ein Tisch und zwei Sessel zum Verweilen einluden. Lizzy blieb neben der Tür stehen. Um nichts in der Welt wollte sie die weiteren Worte dieses Mannes verpassen. Die Herrschaften setzten sich und Dr. Norton schenkte Tee ein. Lady Fedoras Hinweis, es der Zofe zu überlassen, ignorierte der Mann. Als die Tassen gefüllt waren, schob er den Teller mit den Keksen in die Richtung seines Gastes und lächelte dabei zuckersüß.

„Wie ist denn das Befinden? Kann ich irgendetwas für Sie tun? Vielleicht würden Sie gern Bath besser kennenlernen. Ich bin gern bereit, Ihnen die Schönheiten unserer Stadt zu zeigen", flötete der Doktor mit einer Stimme, die Lizzy beinahe zum Lachen brachte.

Der Kerl überschlägt sich ja fast mit Gunstbeweisen. Was hat er vor? Will er etwa meine Lady einfangen? Na da muss er erst mal an mir vorbei.

Lizzy stellte sich etwas näher zum Erker, um besser hören zu können.

„Herr Dr. Norton."

„Filipus, bitte, My Lady."

Lady Fedora riss die Augen auf.

„Ich bin hier, um mich nach dem Befinden meines Mannes zu erkundigen. Was für ein entsetzlicher Vorfall! Eine Patientin, der Ihre Fürsorge galt, ermordet. Sie müssen sich ganz furchtbar schlecht fühlen, lieber Doktor. Ich bin erschüttert. Mein Gatte ist ebenfalls sehr mitgenommen. Er hat eine schwere Erkrankung hinter sich. Ich hoffe, es wirft ihn gesundheitlich nicht zurück. Aber Sie haben ihn ja sehr gut beraten. Er geht fleißig spazieren und nutzt die Trinkkur. Was sagen Sie zu diesen furchtbaren Ereignissen? Haben

Sie die Dame am Tag ihres Verschwindens noch gesehen?", fragte Lady Fedora und ahmte dabei den säuselnden Ton ihres Gegenübers nach.

Ich kann mir denken, was Lady Fedora versuchen will. Sie will dem Herrn ein Gefühl von Verständnis vermitteln. Mein Vater hätte gesagt, sie geht ihm um den Bart. Lizzy machte ebenfalls ein trauriges Gesicht.

„Machen Sie sich keine Sorgen, Lady Fedora, Ihrem Gatten geht es gut. Die arme Mildred. Wir hatten ein paar sehr nette ..." Er unterbrach seine Rede, da er wohl gemerkt hatte, dass er zu indiskret geworden war. „Ich war an dem Tag, als Lady Mildred verschwand, leider nicht im Hotel. Ich war zu dieser Zeit nicht in Bath. Man hatte mich nach Oxford eingeladen, um dort einen Vortrag vor der medizinischen Gesellschaft zu halten. Ich habe über die Bedeutung der Trinkkuren in Bath im Einzelnen und über die außergewöhnliche Qualität des hier natürlich vorkommenden Heilwassers im Besonderen gesprochen. Ich kann durchaus feststellen, dass man meinem Vortrag immense Bedeutung beigemessen hat und mich zu meinem Fachwissen beglückwünschte ..."

Lady Fedora erkannte sofort, dass es hier keine Informationen geben würde. Bevor der gute Doktor seine eigene Lobrede zu Ende bringen konnte, hatte sie ihre Tasse ergriffen und schlürfte nun sehr lautstark, auf keinen Fall ladylike, ihren Tee. Dr. Norton unterbrach sofort seine Rede und sah mit Verwunderung zu seinem Gast.

Vielleicht geht ihm gerade ein Licht auf, überlegte

Lizzy. *Vielleicht merkt er, dass My Lady an ihm persönlich kaum Interesse hat. Ich denke, ich werde meiner Dame behilflich sein.*

Die Zofe hustete kurz. Die beiden Herrschaften im Erker sahen zu ihr.

„My Lady denken doch an den Termin? Ich sollte Sie erinnern."

„Wenn ich meine Zofe nicht hätte. Darum begleitet sie mich auch überallhin. Das Gedächtnis will manchmal nicht mehr so, wie ich es gern hätte. Daran kann auch das hiesige Heilwasser nichts ändern. Sie entschuldigen mich." Lady Fedora erhob sich und strebte zur Tür, die Lizzy bereits geöffnet hatte. Dr. Norton war vollkommen überrascht und noch nicht einmal aufgestanden, um die Dame zur Tür zu begleiten. An der Tür drehte sich Lady Fedora noch einmal zu dem Arzt um.

„Ach und Dr. Norton, ein kleiner Hinweis. Mein Gatte ist nicht zu dick! Er wird niemals ein Adonis werden. So, wie er heute ist, war er bereits als kleiner Junge und so liebe ich ihn. Sein klitzekleiner Bauchansatz erlaubt ihm trotzdem, beweglich zu sein, und unser Hausarzt Dr. Winterbottom ist durchaus in der Lage, nötige Anweisungen für seine Gesundheit zu geben. Eine Trinkkur hat er meinem Gatten jedenfalls nicht verschrieben. Gesunde Luft, lange Spaziergänge, gutes Essen, das braucht mein Percival. Auf Wiedersehen!"

Dr. Norton, der sich erheben wollte, fiel auf den Sitz seines Sessels zurück. Er war blass geworden und zum ersten Mal seit einer langen Zeit, fehlten dem Mann die Worte.

Als die beiden Damen die Hotelhalle durchschritten und sich auf den Weg in die Suite der Baronets machten, flüsterte Lizzy ihrer Lady etwas zu.

„Der hat scheinbar mit Lady Mildred etwas gehabt. Haben Sie das mitbekommen, My Lady?"

„Es war nicht falsch zu verstehen. Trotzdem hat der Herr leider ein Alibi für die Zeit des Verschwindens der Dame."

„Das mag ja sein, aber das wird Mr Beanstock sicher noch überprüfen wollen. Schließlich kann er die Dame trotzdem vom Leben zum Tode befördert haben oder er hat jemanden beauftragt. Soll vorkommen. Einem Arzt fällt es sicher auch nicht schwer, Arsen zu besorgen."

„Sie sind ein schlaues Mädchen, Lizzy. Diese Information können wir doch sicher selbst mit ein paar Telefonaten herausbekommen. Ich kenne zwei junge Damen, die in Oxford studieren. Die beiden sind die Töchter unserer Freunde Lord und Lady Southcoffelton."

Lizzy lachte leise. *Es macht My Lady also Spaß, ein bisschen Detektiv zu spielen*, dachte sie.

Die beiden Damen gingen zu der Kabine in der Hotelhalle, in der sich ein Telefonapparat für Gespräche nach außerhalb befand. Nach ein paar Minuten konnte Lady Fedora mit ihrer guten Freundin Marjorie sprechen, die es wieder einmal nicht fassen konnte, worin ihre Freunde verwickelt worden waren.

Sie versprach, ihre Töchter zu kontaktieren, und würde sich noch heute bei ihr melden.

„Das hätten wir, Marjories Töchter werden sich in Oxford erkundigen, ob dieser eigenartige Doktor wirklich dort gewesen ist, und uns informieren. Sehen wir, was der Rest der Gruppe herausgefunden hat."

Als die beiden Damen sich auf den Weg in die Suite der Baronets gemacht hatten, kam hinter einer aufgeschlagenen Zeitung das zornesrote Gesicht Inspector Braddocks hervor. Er hatte sich nach dem ereignisreichen Vormittag etwas Ruhe gönnen wollen, war dann aber durch seltsame Bewegungen in der Hotelhalle eher zum stillen Beobachter geworden.

„Was, zur Hölle, ist hier los?", flüsterte er. *Vor einer guten Stunde war der Butler mit dieser Zofe und dem Chauffeur von oben gekommen. Sie waren auseinandergegangen, der Chauffeur in Richtung Küche, die beiden anderen in Richtung der Praxis des Arztes und dem Büro der Hausdame. Habe genau gehört, wie der Butler etwas von dem Büro dieser Fortescue gelabert hat. Dann erschienen die beiden Herren, Baronet und Admiral, sollte unbedingt überprüft werden, vielleicht war er gar kein Admiral. Die beiden gingen auf die Terrasse und bequatschten den Witwer. Nun kam die Zofe, lief schnurstracks die Treppe hinauf und nach ein paar Minuten kam sie mit Lady Fedora zurück. Die Frauen gingen in Richtung Arztzimmer. Vor kurzem hatte diese Lady in der Telefonzelle des Hotels jemanden angerufen. Vielleicht einen Komplizen. Das behalte ich im Auge. Diese Leute machen mich wahnsinnig. Die sind so schuldig, wie ich unschuldig bin.*

Diese Gedanken gingen dem Inspector durch den inzwischen schmerzenden Kopf. Er schnippte mit den Fingern der einen Hand nach einem Kellner, der sich im Hintergrund herumdrückte, und bestellte ein Glas

Wasser. Nachdem es serviert worden war, griff er in seine Hosentasche und holte ein Röhrchen heraus, auf dem Aspirin gedruckt stand. Er nahm eine Tablette, sah sich sinnierend das Röhrchen Tabletten an und warf eine weitere Tablette in seinen Mund. Sein Konsum hatte sich in der letzten Zeit ziemlich erhöht. Es waren nervige Zeiten.

In der Suite der Baronets versammelten sich nach und nach die Mitglieder der *Detektiv-Society*. Dieser Name hatte sich nach kürzester Zeit im Kopf der kleinen Gruppe festgesetzt.

Beanstock erschien als Letzter und hatte ein Tablett auf dem Arm mit einer frischen Karaffe Wasser und Gläsern für die Herrschaften. Er schenkte Wasser ein und servierte es den Baronets und dem Admiral, die sich im Erker an dem kleinen, runden Tisch niedergelassen hatten.

„Ich bitte um Entschuldigung für mein langes Ausbleiben. Ich habe noch ein Telefongespräch mit London geführt. Wie ich sehe, sind alle bereits zurück. Hören wir uns an, wen wir von der Verdächtigenliste streichen und wen wir daraufsetzen sollten. Sir, wenn Sie beginnen möchten?" Der Butler richtete die Frage an Sir Percival.

In der nächsten halben Stunde wurden die neuen Erkenntnisse ausgetauscht.

Der Gatte der Toten hatte allem Anschein nach ein Alibi für die Todeszeit, er war in Indien gewesen, was sich gut nachprüfen ließ, und als Motiv käme eventuell in Betracht, dass er eine neue jüngere Geliebte haben könnte. Der Admiral war skeptisch. Er war der

Meinung, dass dieser Mann viel zu geizig war, um sich mit einer Geliebten zu befassen. Außerdem konnte auch Raffsucht kein Motiv sein, da er sämtliche Besitztümer seiner Gattin nach der Hochzeit übernommen hatte.

Lady Fedora erzählte von dem seltsamen Verhalten des Doktors und Lizzy kicherte amüsiert.

Sie berichtete, dass der Herr sich wohl an My Lady heranmachen wollte und damit vielleicht auch mit Lady Mildred mehr als eng befreundet gewesen war. Er hatte erklärt, an dem Tag ihres Verschwindens in Oxford gewesen zu sein.

Sir Percival hätte am liebsten dem Doktor sofort seine Meinung in Form eines blauen Auges gezeigt. Wie konnte er es wagen, seine Gattin anzuhimmeln? Lady Fedora fand das lieb von ihrem Percival, aber beruhigte ihn dahingehend, dass sie diesen Mann zu keiner Zeit auch nur im Geringsten ernst genommen hätte.

Gonzales erzählte von der Aussage des Pagen Gregor. Der junge Mann bestätigte, dass Dr. Norton eine Affäre mit Lady Mildred gehabt hätte. Es wäre wohl allgemein unter dem Personal bekannt gewesen. Gonzales meinte, dass an der Aussage des Arztes etwas nicht ganz stimmen konnte. Am Tag ihres Verschwindens hatte der Page Lady Mildred und den Doktor gehört. Das hatte sich im Zimmer des Arztes abgespielt. Weiterhin erzählte der Page von der Suche der Polizei nach Arsen und dem Wutanfall des Kochs.

„Gregor war auch der Meinung, dass man sich nachts nicht im Haus herumtreiben sollte, da jemand herumschleichen würde. Er schließt sich abends ein, wenn er zu Bett geht. Ich denke, er bildet sich das ein", sagte Gonzales.

Beanstock meldete sich zu Wort.

„Vor einiger Zeit hörte ich ein Gespräch zwischen dem Gärtner und Dolores. Lady Anne wurde als etwas durcheinander beschrieben. Ich drücke es nicht ganz so extrem aus wie Dolores. Demnach würde die Dame des Nachts durch das Haus geistern und Dinge herumschleppen. Natürlich sollte man einige fantasievolle Beimengungen in den Erzählungen des Personals immer skeptisch betrachten. Fest steht, dass sie beliebter ist als Margaret Pomeroy, die hier mit eiserner Hand regiert. Irgendwie bekomme ich den Eindruck, dass sie ihre Schwester loswerden möchte. Da gibt es scheinbar weit zurückliegende Vorkommnisse, die es noch zu erfahren gilt.

Der Gärtner arbeitet bereits seit langer Zeit hier. Ich werde mit ihm sprechen. Und der Doktor hat also gelogen, als er sagte, er wäre an jenem Tag Lady Mildred nicht begegnet."

Danach berichtete Gonzales von dem Chauffeur des Earls. Das fand vor allem Beanstock sehr interessant und machte sich Notizen.

Gonzales sagte, dass die Herrschaften aus Kent sehr unbeliebt bei ihrem Personal wären. Lady Mildred hätte Leute manchmal ohne Lohn entlassen. Des Öfteren, weil ihr das Gesicht eines Hausmädchens nicht gepasst hätte. Es hätte ständig Diskussionen auf ihrem Anwesen *Raven Woodhouse* gegeben. Leider war der Chauffeur auch erst seit gut einem Jahr dort angestellt. Von vorherigen Streitpunkten könne er daher wenig oder gar nichts berichten. Außerdem war dort wohl niemand vom Personal sehr glücklich über die Uniformen. Das hätte nun wieder zu unschönem Streit zwischen dem Earl und seiner Frau geführt. Es war wohl ein sehr streitsüchtiger Haushalt dort in Kent, meinte er abschließend.

„Mrs Fortescue zu befragen, gestaltete sich, wie ich voraussah, als sehr schwierig", sagte Beanstock. „Ein Motiv kann ich bei ihr nicht erkennen. Sie hat zwar im Grunde genommen kein Alibi, da sie, wie auch das gesamte Personal, zur Mordzeit im Haus gewesen war, aber ich würde die Dame ausschließen. Unangenehm ist, dass die Personalakten nicht mehr in ihrem Zuständigkeitsbereich liegen. Lady Margaret verwaltet seit etwa einem Jahr die Akten in ihrem Büro selbst." Beanstock sah Gonzales vielsagend an. Der Chauffeur nickte verstehend und grinste breit.

„Ich bin der Meinung, dass wir mehr über das Personal wissen sollten. Die Gästeliste des Hotels habe ich durch Fürsprache der Hausdame erhalten. Ich habe den Eindruck, dass wir nun eine gute Informantin in Mrs Fortescue haben. Sie erzählte mir, dass im Zimmer der verstorbenen Lady der Klingeldraht durchtrennt gewesen war. Die Dame hätte also ihre Zofe in jener Nacht gar nicht erreichen können."

Beanstock legte eine Liste auf den Tisch der Herrschaften.

„Ich möchte Sie bitten, sich die Gästeliste anzusehen. Es handelt sich ausschließlich um Gäste, die zu Zeiten Lady Mildreds im Hotel logierten. Vielleicht kommt Ihnen der ein oder andere Name bekannt vor im Zusammenhang mit der Familie Berrisforce. Ich habe mich mit einem Bekannten in

London unterhalten. Er kann eventuell etwas zur Personalfrage beitragen."

„Und ich erwarte demnächst einen Anruf von Lady Marjorie. Ihre Töchter werden sich in Oxford nach Dr. Norton erkundigen und dann wissen wir, ob er an dem bewussten Tag dort einen Vortrag gehalten hat", sagte Lady Fedora. Sir Percival beugte sich zu ihr und streichelte ihre Hand.

„Ich bin stolz auf dich, Darling."

„Wir brauchen noch mehr Informationen", sagte Beanstock und sah Gonzales erneut vielsagend an. Der Chauffeur nickte. Er wusste, dass es einen nächtlichen Ausflug geben würde.

Es war wichtiger denn je, die Ermittlungen fortzuführen. Das war Beanstocks Eindruck, als er am späten Nachmittag erfuhr, was Inspector Braddock inzwischen getan hatte.

Der Inspector hatte den Koch Mr Pinker und den Gärtner Tom Brown festnehmen lassen. Er war felsenfest der Meinung, dass einer der beiden etwas verheimlichte. Das Arsen musste entweder aus der Küche oder aus dem Gartenhaus stammen. Also hatte er vorsorglich beide auf die Polizeistation bringen lassen. Dass es auch von einer ganz anderen Seite ins Haus gebracht worden sein konnte, wie es ihm der Constable, der die Verhaftungen vornehmen musste, nahegelegt hatte, hatte der gute Inspector mit lautem Gebrüll kommentiert. Er wäre der Verantwortliche und er allein dürfe bestimmen, wer schuldig oder unschuldig wäre.

Am Abend dieses Tages hatte der Constable diese

Aktion einem Kollegen gegenüber hinter vorgehaltener Hand so kommentiert: „Unser Inspector wird langsam paranoid. Wenn er nicht aufpasst, landet er bald selbst in einem Kurheim."

Lady Margaret war außer sich gewesen und hatte den gesamten Rest des Tages in ihren Räumen lamentiert. Das Küchenmädchen hatte vorerst die Aufgaben des Kochs übernehmen müssen. Zum Glück war das Essen für das abendliche Dinner im Groben vorbereitet gewesen. Die beiden Zimmermädchen hatten in der Küche helfen sollen, was diese wiederum lamentieren lassen hatte. Das hatte für die beiden jungen Damen bedeutet, dass es ein langer Arbeitstag werden würde, denn sie hatten bis in den Nachmittag mit dem Richten der Hotelzimmer zu tun gehabt. Nun hatten sie noch in der Küche helfen sollen. Und alles natürlich ohne Lohnausgleich.

Aber wie sollte das Hotel in den nächsten Tagen ohne Koch funktionieren? Lady Margaret hatte Mrs Fortescue angewiesen, sofort Ersatz zu ordern. Wie die Hausdame das anstellen sollte, blieb der armen Frau überlassen.

Aber es kam anders.

Bereits am späten Abend desselben Tages waren Koch und Gärtner zurück, müde und abgespannt, aber froh, dem Inspector entkommen zu sein. Braddock hatte einfach nicht genug Beweise, um die beiden festzuhalten. Der Superintendent hatte den Inspector zu sich gerufen und mit Nachdruck und einer erhöhten Lautstärke darauf hingewiesen, dass die Männer sofort freizulassen seien.

Mrs Fortescue hatte erleichtert aufgeatmet.

Arsen und Spitzenhäubchen

Wie wunderschön sie ist, dachte sie.

„Wenn ich dich nicht gefunden und gerettet hätte, wer weiß, wo du gelandet wärst, mein Schmuckstück", flüsterte sie und drehte die altertümliche Haube in ihrer Hand lächelnd hin und her. „Was machen wir nun mit dir? Wo würdest du dich wohlfühlen? Komm mit, wir finden einen sicheren Platz. ... Vielleicht bei dem alten Zylinder? Was denkst du?"

Heute ging es ihr richtig gut. Keine Schatten im Kopf, keine ungebetenen Gäste, die ihr schlimme Dinge ins Ohr flüsterten.

Es war still im Haus. Endlich war das tägliche Getrappel, treppauf und treppab, die plappernden Leute, das Geschepper und Geklirre, vorbei. Das war ihre Zeit. Wenn alles schlief im Haus, sogar die Fliegen an der Wand, die sich erst am Morgen wieder mit ihren sirrenden Flügeln auf den Weg machen würden.

Sie durchquerte leise die Halle, stieg die Treppen hinauf und stand schließlich vor ihrem Heiligtum, einem alten Wäscheschrank, den niemand mehr benutzte, weil er zu alt war und die Türen bei jeder

Bewegung laut knarrten. Es gab in den Gästeetagen neue, bessere Schränke.

Nachdem sie eine der großen Rosetten gedreht hatte, glitt der Schrank lautlos zur Seite. Hinter ihm erschien eine Holztür. Wenn man diese geöffnet hatte, stand man vor einem engen Gang, der einmal der Flur einer Wohnung gewesen war.

Das Schließen der Tür brachte den Schrank dann wie von Geisterhand an seinen angestammten Platz zurück. Das würde niemand dem alten schweren Ungetüm zutrauen. Wer einst hier oben im Verborgenen gelebt hatte oder warum man denjenigen hinter dem Schrank hatte verstecken müssen, hatte sie nicht herausbekommen. Aber es musste viele Jahrzehnte her sein, denn das Wissen um diese Wohnung war in ihrer Familie verloren gegangen. Sie war durch Zufall darauf gestoßen.

Die gefundene Kette verwahrte sie in ihrem Korb mit den Wollresten. Wer in ihr Reich eingebrochen war, erschloss sich ihr nicht. Noch nicht.

Es dauerte eine Weile, bis sie den passenden Platz für ihr neues Familienmitglied gefunden hatte. Aber noch war genug Zeit übrig, bis das Haus erwachte.

Sie musste bis ganz nach hinten durchgehen. Dabei kontrollierte sie gewissenhaft, ob die Zeitungen und Bücher, die sich bis zur Decke stapelten, sicher waren und nicht schwankten.

Im hinteren Bereich war sie seltener. Dort lagen die Dinge, die aus Stoff und Filz waren. Davon fand man nicht sehr viel. Leider zerfielen Dinge aus alten Stoffen oft einfach zwischen ihren Fingern. Das empfand sie als sehr schade, da gerade der alten Kleidungsstücken so ein wundervoller Duft nach vergangenen Zeiten anhaftete. Wenn sie an den Stoffen roch, formten sich sofort Bilder in ihrem Kopf. In ihren Gedanken sah sie ihre Vorfahren vorbeidefilieren, stolz den Kopf erhoben, in langen festlichen Roben mit federgeschmückten Hüten auf dem Kopf. Breite Reifröcke, seiden glänzende Uniformen, gepuderte Perücken und pelzbesetzte Mäntel kamen ihr in den Sinn.

Endlich war sie angekommen und der Kegel ihrer Taschenlampe glitt über die vielen Schätze, die hier lagen. Es gab zwar ein paar Deckenlampen, aber sie mochte den diffusen Schein der Taschenlampe lieber.

Zerrissene, ausgemusterte Uniformen, zerschlissene Vorhänge, Hüte, wohin das Auge sah, mit zerknitterten Kunstblumen und zerfransten Hutbändern, ein mottenzerfressener Wandteppich, verschimmelte Puppenkleider und ein großes Gemälde. Sie strich zärtlich mit ihrer Hand über die Leinwand.

„Hallo, Vater. Wie geht es dir heute? Wir müssen uns wieder einmal unterhalten. Du hast doch sicher gesehen, wer hier herumgeschlichen ist. ... Ich habe dich lieb, Vater", flüsterte sie dem Bild zu. Der alte weißhaarige Mann auf dem Bild lächelte milde. Er hatte ein gütiges Gesicht und saß auf einem Holzstuhl mit überdimensionaler Rückenlehne. Die Schnitzereien sahen seltsam aus. Fantasiegestalten und gruselige Gargoyls schienen über seinem Kopf herumzutanzen.

Im nächsten Zimmer stand eine alte Schneiderfigurine. Sie trug ein vergilbtes Kleid aus der Regency Epoche und schien direkt aus einem Roman von Jane Austen entstiegen zu sein. Der einst feine Stoff war an vielen Stellen gerissen und unansehnlich geworden.

Neben der Figurine standen, auf einem Überseekoffer mit der Aufschrift *Olympia* an der Seite, Marmorbüsten. Die Nase fehlte bei fast allen. Auf dem Kopf eines griechischen Philosophen sah man einen zerbeulten Zylinder und auf die zweite Büste, die einer jungen Frau, kam nun die Spitzenhaube.

Sie trat ein paar Schritte zurück, um ihr Werk zu begutachten. Dabei kam sie einer Kommode zu nahe und es schepperte laut. Der Schreck fuhr ihr in alle Glieder und sofort meldeten sich die Schatten zurück.

Eins ... zwei ... drei ... vier ... ich komme.

Sie leuchtete mit der Taschenlampe über die Kommode. Ein Fach stand einen Spalt offen. Sie wusste ganz genau, dass sie das nicht so hinterlassen hatte. Sie ging näher heran und zog die Schublade etwas mehr heraus.

Was sie dort im Inneren sah, verschlug ihr den Atem. Sie zitterte. Dann schob sie die Schublade zurück an den Platz und lief wie von Hunden gehetzt durch das Labyrinth zurück zur Tür.

Eins ... zwei ... drei ... du kriegst mich nicht ... bist viel zu dumm ... die Schatten lachten sie aus.

Wie war diese Dose mit dem Totenkopf auf dem Etikett in ihre Welt geraten? Unter dem Totenkopf hatte *Arsen* gestanden. Jemand war erneut in ihre Welt eingebrochen.

Dicke, heiße Tränen kullerten aus ihren Augen. Ihr Refugium, ihr Lieblingsort, war verraten worden.

Ihre Schwester kam ihr sofort in den Sinn und aus

Angst wurde Wut.

Als sie vor der alten Tür stand, kam sie den Zeitungsstapeln auf der rechten Seite zu nahe. Die Papiere kamen ins Rutschen. Fast hätte es einen Unfall gegeben. Es hatte laut gepoltert. Lauschend stand sie, beide Hände an dem schief hängenden Stapel Zeitungen, ganz still. Sie hatte draußen etwas gehört. Ein leises Flüstern. Stand dort etwa jemand vor dem Schrank und wartete auf sie? Dann knarrten die Türen des alten Schrankes laut. Wer war dort? Sie musste abwarten.

Vorsichtig schob sie den Stapel an seinen Platz. Dann schlich sie zurück in den Raum mit der Kommode und öffnete die Schublade erneut.

Ihr Blick blieb an der Büchse mit dem Totenkopf hängen.

Was sollte sie tun?

Nach ein paar Minuten, als es still geworden war auf dem Flur der dritten Etage, konnte sie endlich ihr Versteck verlassen.

Der Schrank glitt lautlos an seinen Platz zurück.

Nachts sind alle Katzen grau

Es war Mitternacht und endlich war im Kurhotel Ruhe eingetreten. Zwei Herren aus der dritten Etage machten sich auf den Weg, Licht ins Dunkel der Ermittlungen zu bringen.

Beanstock war vor ein paar Minuten auf den Flur vor seinem Zimmer getreten. Gonzales hatte bereitgestanden und war gut vorbereitet. In seiner Hand lag eine Taschenlampe. Beanstock nickte ihm anerkennend zu.

„Machen wir nach Möglichkeit kein Licht und keinen Lärm", flüsterte der Butler dem Chauffeur zu. „Ich möchte mir zuerst das Zimmer Lady Mildreds ansehen."

„Hatte es einen bestimmten Grund, Señor Beanstock, dass Sie unseren Herrschaften nicht erzählt haben, dass wir heute Abend hier herumwandern werden?", fragte Gonzales leise.

„Ich wollte vermeiden, dass sich einer der Herren Detektive uns anschließt. Ich möchte die Baronets in Sicherheit wissen."

Gonzales nickte verständnisvoll.

Sie gingen durch den Flur in der Dienstbotenetage bis zu dem großen Wäscheschrank. Etwas polterte unüberhörbar und es schien aus dem Schrank zu kommen. Die beiden sahen sich erschrocken an. Beanstock ging zu dem Schrank und versuchte, ihn zu öffnen. Die Tür knarrte furchtbar laut und Gonzales kniff die Augen zu. Er sah sich um, ob jemand das laute Geräusch gehört hatte. Es blieb zum Glück ruhig in der Etage.

Der Schrank war bis auf einen ziemlich vergilbten Stapel Bettlaken leer.

„Sehr seltsam. Das Geräusch muss von einem anderen Ort gekommen sein", flüsterte Beanstock. „In alten Gebäuden gibt es viele Ecken und verborgene Hohlräume."

Er schloss die Schranktür und versuchte, das Knarren zu vermeiden, indem er die Tür leicht anhob. Es glückte ihm nicht wirklich und Gonzales kniff erneut die Augen zu.

Die beiden gingen zur Treppe und in die erste Etage.

Das Zimmer der getöteten Dame war leicht zu erkennen. Dort hing immer noch das Tatortband der Polizei. Gonzales griff in seine Tasche und nahm die Dietriche, die er stets mit sich führte, heraus. Aber das wäre nicht nötig gewesen. Beanstock drückte die Klinke und die Tür öffnete sich sofort.

„Ich muss eine gewisse Leichtsinnigkeit bei der Arbeit der Polizei feststellen. Das Zimmer hätte unbedingt abgeschlossen sein müssen. Das liegt im Zuständigkeitsbereich des Inspectors. Wie schnell könnten Spuren verwischt werden, wenn jemand das

Zimmer unbefugt betritt", sagte Beanstock leise.

„Wir sind auch unbefugt, oder, Señor Beanstock?"

Beanstock räusperte sich.

Die beiden bückten sich unter dem Absperrband durch und Gonzales schloss hinter ihnen die Tür.

Der Kegel der Taschenlampe leuchtete langsam durch das Zimmer. Dabei vermied Gonzales, die Fenster anzuleuchten. Wie schnell hätte jemand, der zufällig am Hotel vorbeikam, das flackernde Licht bemerken können.

Es roch abgestanden und muffig. Keines der Zimmermädchen hatte bis jetzt das Zimmer betreten dürfen. Sämtliche Kleider hingen noch im Schrank und im Bad standen die umfangreichen Kosmetikmittelchen, die Lady Mildred verwendet hatte, um sich am Morgen ein Gesicht zu malen. Der kostbare Schmuck der Lady war inzwischen an ihren Gatten übergeben worden.

Beanstock sah sich den Nachttisch an. Es war nichts in der einzigen Schublade zu finden.

Obenauf stand ein leeres Glas. Er roch daran. Nichts Auffälliges. Deshalb hatte es die Spurensicherung wahrscheinlich nicht mitgenommen, obwohl es sicher wichtig gewesen wäre, als feststand, dass die Lady an einer Arsenvergiftung gestorben war. Die schwarzen Flecken auf dem Glas waren bei der Suche nach Fingerabdrücken entstanden.

Hinter dem Nachttisch wollte er sich den Draht der Personalklingel ansehen.

„Leuchten Sie bitte einmal hier", sagte er zu Gonzales.

„Der Klingeldraht wurde wirklich durchtrennt.

Sehen Sie das, Gonzales? Er wurde nicht einfach aus der Wand gerissen. Jemand wollte nicht, dass Lady Mildred ihre Zofe rief." Der Chauffeur nickte verstehend.

Beanstock winkte Gonzales.

Die beiden verließen das Zimmer und schlossen die Tür wieder sorgfältig. Beide trugen vorsichtshalber Handschuhe. Man konnte nie wissen, ob nicht ein aufmerksamer Spurensicherer nochmals Fingerabdrücke suchte und fand. Das wollten sie nicht riskieren.

Sie gingen durch den breiten Flur mit den hohen Fenstern zum Park zurück zur Treppe. Als sie unten in der Hotelhalle angekommen waren, stiegen sie auf der anderen Seite in die erste Etage hinauf, gingen durch den Flur mit den Ahnen der Familie Pomeroy und erreichten den privaten Bereich. Sie passierten einige Türen.

Wo könnte das Büro sein, in dem Lady Margaret die Personalakten aufbewahrte? Vielleicht in der Nähe des Salons. Sir Percival hatte den Weg dorthin genau beschrieben.

Gonzales öffnete mit einem Dietrich die Tür und sie betraten den Salon.

Von diesem Zimmer hatten der Admiral und Sir Percival berichtet. Es war ein heilloses Durcheinander von Antiquitäten und Möbeln.

Zwei Türen gingen vom Salon ab. Links war die Bibliothek. Die Tür war nicht geschlossen und man konnte im fahlen Mondlicht deckenhohe Regale mit Unmengen von Büchern erkennen.

„Sehen wir uns in der Bibliothek um. Auf Parsley

Manor wird dieser Raum von Sir Percival als Büro genutzt. Vielleicht haben wir Glück", flüsterte Beanstock und betrat den Raum. Gonzales folgte ihm mit der Taschenlampe.

In der hinteren Ecke gab es einen Chippendale-Sekretär mit feinen gebogenen Beinen und filigranen Einlegearbeiten. Daneben stand ein größerer Schrank.

Beanstock öffnete ihn vorsichtig.

„Gefunden", flüsterte Gonzales und wies auf die Berge von Akten und Ordnern, die seine Lampe beleuchtete.

Im Salon, den sie davor durchschritten hatten, war ein Geräusch zu hören. Es war nicht sehr laut, eher ein Knarren, als ob jemand eine Vitrinentür öffnete. Die beiden Herren hielten inne und Gonzales löschte schnell die Taschenlampe.

Sie schlichen vorsichtig, um die vielen Möbel navigierend, die sich im Raum verteilten, zur Salontür. Beanstock dankte in Gedanken dem Mond für seine Unterstützung. Ansonsten hätten die beiden Herren den Raum nicht unbeschadet durchqueren können.

Gonzales lugte vorsichtig in den Salon. Ohne sich umzudrehen, winkte er Beanstock zu sich und wies mit der Hand auf eine schattenhafte Gestalt, die sich langsam durch den Raum bewegte.

Die beiden beobachteten, wie sich diejenige an einer der Vitrinen zu schaffen machte. Sie schien ein langes, fließendes Gewand zu tragen und da sie die Vitrine mittels Schlüssel öffnen konnte, vermutete Beanstock, dass er Lady Anne vor sich hatte. Er hatte sie einmal in der Hotelhalle kurz gesehen und die

Größe und Form der Gestalt passte dazu. In diesem Moment lugte der Mond erneut hinter einer Wolke hervor und man konnte genau sehen, wer sich im Salon aufhielt. Die Dame entnahm etwas aus der Vitrine, schloss sie wieder ordnungsgemäß ab und verschwand durch die Tür im hinteren Teil des Salons. Zum Glück war sie nicht durch dieselbe Tür hereingekommen wie die beiden Herren. Dann hätte sie bemerkt, dass sie offen war.

Gonzales atmete tief ein und aus.

„Glück gehabt. Sehen wir, ob wir irgendetwas finden können unter den Akten", flüsterte er. Beanstock nickte. Sie gingen zurück zu dem Schrank und sahen die Schriftstücke durch.

Die Personalunterlagen waren schnell gefunden. Alle anderen Ordner behandelten die Geschichte der Familie, Pläne zum Hotel, Listen über Antiquitäten und ...

„Das ist sehr interessant", sagte Beanstock. „Hier ist das Schreiben eines Arztes. Dr. Bone, seines Zeichens Psychiater, meldet seinen Besuch an. Ich hatte bereits davon gehört. Er will Lady Anne untersuchen und eventuell eine Einweisung in seine Londoner Klinik befürworten. Morgen schon wird er hier sein. Lady Margaret scheint ihre Schwester wirklich loswerden zu wollen."

In Beanstocks Gedanken schlich sich plötzlich eine Erinnerung ein. Es war schon einmal um die Einweisung in eine psychiatrische Klinik gegangen, die vollkommen schiefgelaufen war. Damals hatte es sich um die jüngste Tochter der verstorbenen Eheleute Hillman gehandelt, die ganz in der Nähe von

Parsley Manor gewohnt hatten.

Eine fürchterliche Geschichte war das gewesen, in deren Verlauf das Hausmädchen auf Parsley Manor, Bernice, umgekommen war.

Beanstock schloss einen Moment die Augen. Es nahm ihn immer noch mit. Das Mädchen war in seinem Zuständigkeitsbereich gestorben und er machte sich dafür verantwortlich, nicht genug aufgepasst zu haben.

„Ich kann nichts Interessantes finden, Señor Beanstock", flüsterte Gonzales und legte wieder ein Schriftstück auf den Stapel Akten, die er bereits durchgesehen hatte. „Der Gärtner ist am längsten hier angestellt. Er arbeitete schon für den Vater der beiden Besitzerinnen. Sein Hilfsgärtner Jordan wurde vor zwei Jahren eingestellt. Er kam aus Irland.

Die beiden Hausmädchen sind ebenfalls seit zwei Jahren hier und kommen beide aus Schottland, Edinburgh. Vorher arbeiteten sie in Gelegenheitsjobs, meistens in Hotels."

Beanstock brummte. Dieser Ausflug schien nicht sehr ergiebig enden zu wollen. Dann nahm er sich die letzte Akte. Das Küchenpersonal.

„Dolores kam vor einem Jahr aus Spanien nach England. Sie hatte gute Referenzen zu bieten und arbeitete in Madrid in einem Hotel. Nichts Auffälliges also.

Der Koch, Mr Pinker, ist interessant. Er kam direkt von der Armee in das Kurhotel. In seiner Akte wurde vermerkt, dass er vor dem Krieg eine sehr gute Ausbildung in einem Hotel in Canterbury nachweisen konnte. Ist der Stammsitz der Familie Berrisforce nicht in der Nähe von Canterbury, in der Grafschaft Kent? Nach seiner Ausbildung 1935 gibt es eine Lücke von ganzen fünf Jahren zwischen dem Ausbildungsende und seinem Eintritt in die Armee. Aus dieser Zeit finden sich hier keinerlei Referenzen", sagte Beanstock.

„Der Chauffeur der Berrisforces hat mir erzählt, wie oft in der Vergangenheit Personal in *Raven Woodhouse* ausgewechselt wurde. Vielleicht hat Pinker dort gearbeitet und wollte sich an Lady Mildred für eine Ungerechtigkeit rächen. Man hat ihn ohne Referenzen entlassen und darum liegen hier keinerlei Unterlagen aus dieser Zeit", sagte Gonzales.

„Diesem Aspekt sollten wir nachgehen. Allerdings könnte es für die fehlenden Jahre auch einen anderen Grund geben. Vielleicht befand sich der Koch im Gefängnis und hat diesen Umstand hier natürlich nicht angegeben. Ich warte noch auf den Bericht meines Londoner Freundes. Eventuell bringt er Licht in das Dunkel. Sie kennen ja Mr Black, Gonzales", sagte Beanstock und begann, die Akten in den Schrank zurückzulegen.

Die beiden gingen in den Salon und durch den Gang mit der Ahnengalerie in Richtung Treppe, als sie jemanden um Hilfe rufen hörten. Es kam aus einem der Zimmer, an dem sie in diesem Moment vorbeikamen. Sofort versuchte Gonzales, die Tür zu öffnen. Auch hier hing an der Tür ein Schild mit dem Aufdruck PRIVAT. Die Tür war verschlossen.

„Schnell! Nehmen Sie die Dietriche zu Hilfe!", rief Beanstock ohne Rücksicht auf die Lautstärke.

Nachdem die Tür offen war, standen sie in einem

Vorraum. Aus dem Zimmer dahinter kam erneut ein Hilferuf, diesmal schon sehr viel leiser und kaum zu verstehen.

Beanstock riss die nächste Tür auf. Sie befanden sich in einem Schlafzimmer.

Das Licht der Nachttischlampe beleuchtete eine zusammengekauerte Person auf dem Fußboden, die hilfesuchend den Arm nach ihnen ausstreckte.

Lady Margaret war leichenblass und hielt sich den Magenbereich. Sie hatte offensichtlich Krämpfe und ihr Gesicht verzog sich schmerzhaft. Neben ihrem Körper lag ein leeres Glas. Eine Pfütze Milch war darin zu sehen.

Beanstock nahm das Glas und roch daran.

„Nichts. Aber wenn es ebenfalls eine Arsenvergiftung sein sollte, ist es geruchs- und geschmacksneutral. Gonzales, holen Sie medizinische Hilfe, schnell! Ich bleibe bei Lady Margaret."

Der Chauffeur lief los. In der Hotelhalle telefonierte er mit dem Hospital. Die Nummer war glücklicherweise in der Telefonzelle vermerkt. Nach wenigen Minuten war die Klingel des Krankenwagens zu hören.

Inzwischen hatte Gonzales den Hausmeister geweckt, der neben der Rezeption ein Zimmer hatte, da er zumeist die Nachtschicht übernehmen musste. Der Mann nahm sofort den Hausschlüssel und öffnete die Eingangstür für den Arzt.

Zwei Pfleger stiegen aus dem angekommenen Krankenwagen und nahmen eine Trage aus dem hinteren Teil. Sie folgten dem Arzt, der von Gonzales zu Lady Margaret geführt wurde.

Der Arzt, ein sehr junger Mann, beugte sich über die Dame. Sie war inzwischen bewusstlos.

„Es könnte eine Arsenvergiftung sein, Doktor. Wir hatten hier im Hotel vor einiger Zeit schon einmal einen Fall", sagte Beanstock.

Der Arzt nickte verstehend.

„Kalter Schweiß, Krämpfe, Magenschmerzen und Erbrechen, das könnte eine Vergiftung sein. Sie muss schnellstens ins Krankenhaus."

Dann wies er die Pfleger an.

Nach weiteren fünf Minuten fuhr der Krankenwagen mit hoher Geschwindigkeit davon.

Das Hotel war nun hell erleuchtet. In allen Zimmern war Licht und Mrs Fortescue stand in einem dunkelgrauen Morgenrock und einem Haarnetz auf dem Kopf neben Beanstock und ließ sich von ihm die Sachlage erklären.

„Erzählen Sie mir doch bitte, warum sie sich im Privatbereich der Damen aufhielten", sagte die Hausdame.

„Wir waren eigentlich hier in der Hotelhalle. Es war eine laue Nacht und Gonzales und ich wollten einen Spaziergang unternehmen ..."

„Kurz nach Mitternacht?"

„In unserem Heimatort, Parsley Field, unternehmen wir des Öfteren nächtliche Ausflüge. Es geht nichts über die Ruhe und die wunderbare reine Luft, der man in der Nacht nachspüren kann." In Gedanken kreuzte er seine Finger. Das war schon wieder eine dicke Lüge.

„Reine Luft?"

„Reine wunderbare frische Luft."

„Da hörten sie den Ruf."

„Genau. Da hörten wir den Hilferuf von Lady Margaret und begaben uns notgedrungen in den Privatbereich der Dame. Wir fanden sie hoffentlich noch rechtzeitig."

„Sie müssen ein sehr gutes Gehör haben, Mr Beanstock. Die Tür zum Schlafzimmer war offen?"

„Offen, ganz und gar offen."

Die Hausdame drehte sich um und ging in ihre Räume zurück. Sie dachte sich ihren Teil.

Gonzales sah den Butler voller Bewunderung an.

„Señor Beanstock, Sie können ja richtig gut ...", sagte er und unterbrach sich selbst schnell. Das wäre dann doch etwas frech gewesen.

„Manchmal muss man im Umgang mit unseren Mitmenschen fantasievoll handeln. Gehen wir zu den Baronets. Sie werden sich Sorgen machen."

Nachdem Beanstock an der Tür zur Suite der Baronets geklopft hatte, öffnete Sir Percival die Tür und sah den Herren mit ängstlichem Blick entgegen. Er winkte den beiden, einzutreten.

Kurz danach klopfte es erneut an der Tür. Beanstock öffnete. Admiral McKenzie stand in einem blauen Morgenrock und Filzpantoffeln davor. Der Butler ließ ihn eintreten. Dann erzählte er.

„Es ist Lady Margaret. Vielleicht wurde sie ebenfalls vergiftet. Wir müssen den Bericht des Arztes abwarten. Ich bin auf diesem Gebiet kein Spezialist. Aber ich denke, My Lady hatte Glück, dass wir in der Nähe waren. Vielleicht war die Dosis zu schwach bemessen", sagte Beanstock.

Lady Fedora stand in ihrem Morgenrock am Fenster und beobachtete den Auflauf auf dem Vorplatz. Irgendjemand, wahrscheinlich der Arzt, hatte die Polizei gerufen und diese war nun schon wieder mit Absperrband und Spurensicherung am Werk.

„Was hatten Sie dort gesucht, Beanstock?", fragte Sir Percival.

Der Butler berichtete zögerlich von der Suche in den Personalakten. Er wollte die Herrschaften nicht zu sehr beunruhigen. Von ihrer Beobachtung im Salon sagte er nichts.

„Darf ich Ihnen noch einen Schlaftrunk bringen, My Lady?", fragte er am Ende.

„Sie sollten jetzt lieber auch schlafen gehen. Es war ein aufregender Tag für uns alle. Ich kann mir sehr gut vorstellen, was in Gestalt von Inspector Braddock morgen auf uns zukommt. Wir benötigen nichts mehr", sagte Lady Fedora.

Der Admiral wünschte allen eine gute Nacht und suchte sein Zimmer auf.

Auf dem Weg in ihre Schlafzimmer kamen Beanstock und Gonzales wiederum an dem großen alten Wäscheschrank vorbei.

Der Butler blieb einen Moment vor dem Ungetüm stehen und sah ihn sich noch etwas genauer an. Das war jetzt möglich, da überall im Haus das Licht brannte. Er strich mit einer Hand über die Schnitzereien.

„Was gibt es da zu sehen, Señor?"

„Es ist so ein Gefühl. Gehen wir schlafen, Gonzales. Gute Nacht."

Sie folgten dem Flur und öffneten ihre Zimmertüren, die sich nebeneinander befanden. Auf der anderen Seite des Ganges ging langsam und vorsichtig eine der anderen Türen auf. Der vollkommen verschlafen wirkende Page Gregor sah die beiden Herren verdutzt an.

„War irgendwas los?"

„Aber nein. Sie können weiterschlafen", sagte Beanstock und schüttelte leicht den Kopf.

Lizzy erschien vor ihrer Zimmertür und sah Gonzales fragend an. Er erzählte kurz, was passiert war.

„Geh wieder schlafen. Den Baronets geht es gut. Wir reden morgen."

Die Zofe nickte und gähnte ausgiebig.

Dann gingen alle auf ihre Zimmer und versuchten, noch etwas Schlaf zu bekommen.

Beanstock lag noch sehr lange wach.

Seine Gedanken kreisten in seinem Kopf wie eine aufgescheuchte Schar Gänse.

Wer hat Angst vor Lady Anne

Die Hausdame Mrs Fortescue lief seit dem frühen Morgen geschäftig durch das Hotel. Sie sprach mit Gästen, versuchte eine der Damen zu beruhigen, die in ihrer Angst, selbst einem Giftanschlag zum Opfer zu fallen, ihre Koffer packte, half, Zimmer in Ordnung zu bringen, da Sara und Louise, die Zimmermädchen, nicht aufhören konnten zu weinen. Sie sprach mit dem gesamten Personal und versuchte Ordnung in das Chaos zu bringen. Dafür bewunderte Beanstock die Dame.

Aber seine Aufmerksamkeit galt einem anderen Problem.

Wer hatte versucht, Lady Margaret Pomeroy zu vergiften? Er hatte einen Verdacht, aber den konnte er noch nicht beweisen.

Vor einer Stunde war der erlösende Anruf vom Hospital gekommen. Es ging My Lady besser, sie erholte sich und war von der Intensivstation auf die normale Station verlegt worden. Der Arzt war mit den Fortschritten zufrieden, meinte aber, sie habe Glück gehabt, da es wohl eine zu geringe Dosis Arsen gewesen sei. Nachgewiesen hatte man das Gift allerdings und die Polizei ermittelte nun auch noch in einem versuchten Mord.

Nachdem Beanstock die Baronets gut versorgt wusste, machte er sich auf die Suche nach seinem Verdächtigen Nummer eins. Gonzales und Lizzy sollten bei den Herrschaften bleiben.

In der Hotelhalle ging es zu wie in einem Bienenstock. Die Hälfte der Gäste wollte abreisen und die andere Hälfte diskutierte lautstark über das Für und Wider ihres Hierbleibens. Der Raum stand voller Koffer und Taschen.

Der schweißgebadete Page Gregor kam mit den nächsten Koffern aus der zweiten Etage. Im Schlepptau hatte er eine jüngere Dame mit weißblond gefärbtem Haar und klimpernden Goldreifen am Arm. Ihren Hals zierte eine Kette, die sich, versehen mit einer Kugel, im Verlies einer Burg gut gemacht hätte. Sie ging auf extrem hohen Absätzen in Richtung Rezeption und rief nach der Hausdame, die sich dort mit der Rezeptionistin abmühte, jeden Wunsch nach Abreise zu erfüllen.

„Ich will sofort abreisen, meine Rechnung!", rief die Dame. Ein leichtes Lispeln war nicht zu überhören. Mrs Fortescue war zu bedauern, aber sie tat ihr Bestes.

„Natürlich, Lady Marilyn. Wie schade, dass Sie uns verlassen wollen."

„Das sagen Sie! So eine Sache habe ich sicher noch nie gesehen! Ich sagte am Telefon zu meinem Sunny, meinem Mann, Sunny, ich komme sofort zurück nach Savannah. Mein Flieger geht heute so um etwa sieben Uhr", sagte die Dame Marilyn aufgeregt und Beanstock würde ihr gern empfehlen, aus ihrem Sprachschatz Worte mit einem S zu eliminieren.

Niemand schenkte Beanstock Aufmerksamkeit. So fiel es auch niemandem auf, dass er sich in den Privatbereich der Hotelbesitzer begab.

Die Spurensicherung hatte ihre Untersuchung beendet und war zum Glück mitsamt dem Inspector verschwunden. Dem war das Gewühle in der Hotelhalle zu viel geworden. Beanstock hätte ihn zu gerne darauf hingewiesen, dass er eigentlich Sorge zu tragen hatte, dass im Moment niemand das Hotel verlassen würde. Denn jeder im Haus war verdächtig. Bevor die Ermittlungen nicht abgeschlossen waren, sollten alle im Haus verweilen. Aber wer war er, dass er dem Inspector noch etwas raten könnte? Das hatte er inzwischen aufgegeben.

Er klopfte an einige Türen. Nichts geschah.

Die Tür zum Salon stand offen.

Er ging hinein und sah sich kurz um. Bei Licht besehen, kam man sich wirklich vor wie in einem Museum. Es verwunderte ihn, dass sie in der Nacht nicht irgendetwas umgerissen hatten.

Er ging zur Tür, hinter der sich die Bibliothek befand. Sie stand ebenfalls offen. An dem Schreibtisch stand Lady Anne und wühlte in Unterlagen. Dicke Tränen fielen aus ihren Augen auf die Papiere. Mit fahrigen Bewegungen ihrer Hände warf sie Schreiben über Schreiben auf den Boden.

Beanstock klopfte an den Türrahmen.

„Lady Anne? Darf ich Sie sprechen?"

Die Dame erschrak. Ein Stapel Papiere, den sie

aufgehäuft hatte, kam ins Rutschen und landete ebenfalls auf dem Boden.

Beanstock lief zu ihr und begann den Boden aufzuräumen.

„Bitte, Lady Anne, ich will Ihnen helfen."

Sie hielt Beanstock ein Papier vor das Gesicht und ließ sich auf den Boden gleiten. Dort saß sie nun inmitten von Papier und der weite blaue Kaftan, den sie trug, lag, einem See gleichend, um sie herumdrapiert. Sie schluchzte und ein tiefer, verloren geglaubter Schmerz sprach aus ihren Augen.

In ihrer Hand lag das Schreiben des Psychiaters. Beanstock hatte es sofort erkannt.

„Sie will es mit mir so wie mit unserem Vater machen. Entmündigen lassen hat sie den alten Mann, weil er ein bisschen exzentrisch geworden war auf seine alten Tage. Er hat niemals einer Fliege etwas zuleide getan", wimmerte sie.

Beanstock setzte sich zu ihr auf den Boden. Er griff in seine Jacketttasche und zog ein sauberes, blendend weißes Taschentuch hervor. Genügend Taschentücher hatte er stets in seiner Tasche. Er hielt ihr das Tuch hin.

Lady Anne ergriff es und schnaubte lautstark hinein. Sie wollte es ihm zurückgeben, aber Beanstock lehnte dankend ab.

„Behalten Sie das Tuch, My Lady, Sie werden es heute noch brauchen."

Lady Anne sah ihn fragend an.

„Sie haben versucht, Ihre Schwester zu vergiften, ist es nicht so? Ich dachte mir sofort, dass es nichts mit dem Mord an Lady Mildred zu tun haben kann.

Ich kenne das Schreiben des Psychiaters. Haben Sie Ihrer Schwester mit Absicht eine winzige Dosis verabreicht oder haben Sie sich vertan?"

Für einen Moment versiegten die Tränen. Sie sah zu Boden. Beanstock ließ ihr eine Minute, um sich zu sammeln.

„Ich hatte mir gedacht, dass es nicht reicht, um diesen Drachen umzubringen. Das hatte ich auch nicht vorgehabt. Ich wollte ihr einfach einmal zeigen, dass sie mit mir nicht so umspringen sollte wie mit Vater. Er hatte Angst vor ihr, wissen Sie. Er wollte in Ruhe gelassen werden, aber sie hat nicht verstanden, was ihn umtrieb. Er war ein wunderbarer Mensch. Wir hatten eine so schöne Zeit, als meine Schwester in der Schweiz auf dem Internat war. Wir waren glücklich. Dann kam sie zurück und alles war vorbei. Eigentlich bin ich, seitdem Vater fort ist, niemals wieder froh gewesen."

Beanstock stand auf, nahm den Arm der Lady und half ihr, aufzustehen. Er führte sie zu einer Sesselgruppe, setzte sie dort hin und nahm ihr gegenüber Platz.

„Damals, nach dem Tod meines Vaters, begann Margaret aufzuräumen. Sie hat versucht, alle Dinge, die mir und meinem Vater etwas bedeutet hatten, zu entfernen. Ich musste mich darum kümmern. Verstehen Sie das irgendwie?" Schon wieder begannen Tränen aus ihren Augen zu rollen. Sie rieb sie mit dem Taschentuch fort und sah Beanstock fragend an.

„Ich kann mir denken, dass Ihrer Schwester das nicht gefallen hat. Aber wo haben sie die ganzen Dinge hingebracht?"

„Ich habe eine leere Ecke im Haus gefunden." Sie sah plötzlich an Beanstock vorbei und ihre Augen verschleierten sich. Es schien ihm, als würde sie etwas hinter ihm sehen. Er drehte sich um, aber da war nichts.

„Sie sind wieder da. Oh, wie ich sie hasse! Sie verfolgen mich." *Eins ... zwei ... drei ... ich komme,* hallte es in ihrem Kopf.

Beanstock konnte sich keinen Reim daraus machen. „Wer verfolgt Sie, My Lady? Sie können es mir sagen, ich höre zu."

„Diese Schatten wehen in meinem Kopf herum. Ich weiß, sie sind nicht echt. Aber seit damals ... an diesem heißen Tag im August ... ich war erst sechs Jahre alt ... sind sie immer wieder einmal da."

Mehr wollte Anne nicht preisgeben. Beanstock bemerkte ihr Zögern.

„Woher stammt das Arsen? Sie müssen es mir sagen. Sonst kann ich Ihnen nicht helfen."

Anne überlegte.

„Ich habe es gefunden. Zwischen meinen Exponaten. Ein paar winzige Krümel waren noch in der Dose. Ich habe sie dort nicht deponiert. Irgendjemand hat meine Welt entdeckt und für seine Zwecke missbraucht. Ich dachte, es wäre Margaret gewesen."

Beanstock wusste, dass er nicht aus ihr herausbekommen würde, wo sich ihre *Welt* befand.

„Wo ist die Dose jetzt?" Es gab noch eine kleine Hoffnung. Vielleicht waren die Fingerabdrücke des Mörders von Lady Mildred auf der Dose.

„Ich habe sie in den großen Feuerkessel im Keller geworfen."

Beanstock schloss für eine Sekunde die Augen. So schnell war dieser Mordfall dann doch nicht zu lösen. Zumindest war ihm klar, dass der Mörder auf jeden Fall aus dem Haus kommen würde. Personal oder Gäste, das war noch die Frage. Er hatte sich eine Meinung gebildet, aber noch standen ihm nicht alle Beweise zur Verfügung.

„Was wird nun werden, Mr Beanstock?", fragte Lady Anne.

„Nur Beanstock, My Lady, ich bin Butler und dass ich hier mit Ihnen sitze, darf für einen Butler nur eine Ausnahme sein." Er lächelte sie an.

„Wir werden es der Polizei melden müssen, das verstehen Sie doch, oder?"

Sie nickte.

Nebenan im Salon klingelte das Telefon. Beanstock stand auf.

„Kommen Sie. Vielleicht sind es gute Nachrichten von Ihrer Schwester. Wenn sie überlebt, wird es milder ablaufen für Sie."

Die beiden gingen nach nebenan und Lady Anne bat Beanstock mit ihrem Blick und der Geste ihrer Hand, den Hörer abzunehmen. Ihre Angst vor dem, was auf sie zukam, war mit Händen zu greifen.

Eine professionelle Giftmischerin sieht anders aus, dachte sich Beanstock. *Sie ist verwirrt. Sie hat viel durchgemacht und in ihrem Kopf geht irgendetwas furchtbar durcheinander, aber das ist zu reparieren. Sie ist nicht gefährlich. Man muss keine Angst vor dieser Lady haben.*

Er meldete sich am Telefon, hörte dem Anrufer eine Weile zu, lächelte leicht und verabschiedete sich wieder. Lady Anne sah ihn fragend an.

„Das war der Psychiater aus London. Er wird nicht kommen. Nach den Vorkommnissen hier im Hotel lehnt er es ab, involviert zu werden. Sie müssen sich nicht mehr ängstigen."

Dann rief Beanstock die Polizei an.

Dieser Tag hatte so einige Erkenntnisse und Aufregungen gebracht. Lady Anne war nun in polizeilichem Gewahrsam.

Natürlich hatte Inspector Braddock mit einem einfältigen, aber durchaus überzeugten Gesichtsausdruck sofort bekannt gegeben, dass der Mörder der beiden Damen, Lady Mildred und Lady Margaret, gefasst sei. Aufgrund seiner, des Inspectors, guten Arbeit.

Beanstock konnte nicht umhin, den Polizisten darauf aufmerksam zu machen, dass zum einen Margaret Pomeroy noch nicht tot und zum anderen auf keinen Fall klar war, dass Anne Pomeroy die Mörderin der Lady Berrisforce gewesen sei.

Der Inspector hatte daraufhin Anne die Handschellen eigenhändig angelegt und dabei triumphierend Beanstock angesehen. Man hatte sie in einen Polizeiwagen verfrachtet und war davongebraust. Beanstock schüttelte den Kopf vor so viel Inkompetenz.

Das gesamte Personal hatte sich in der Halle versammelt und diskutierte, wie es nun weitergehen sollte. Der Gärtner, Tom Brown, hob die Hände und versuchte, die Leute zu beruhigen. Mrs Fortescue war mit ihrem Latein am Ende und saß zusammengesunken in einem der Sessel.

„Beruhigt Euch! Seid doch vernünftig!", rief er über die Menge, die sich wie ein Schwarm schnatternder Gänse durch die Halle bewegte.

Die Hälfte der Gäste war inzwischen abgereist. Der Rest saß entweder auf der hinteren Terrasse und trank Hochprozentiges zur Beruhigung oder bediente sich im Essraum selbst an einem dort schnell aufgebauten Büfett. Die Hausdame hatte gemeinsam mit dem Koch und Dolores am späten Nachmittag eine Auswahl kalter Speisen vorbereitet, die sie dann im Essraum vor einer Stunde aufgetischt hatten. Die verbliebenen Gäste nahmen es bis jetzt gelassen. Das konnte sich aber schnell ändern. Mrs Fortescue hoffte, dass nun endlich Schluss war. Für sie war Anne die Schuldige und somit aus dem Verkehr gezogen. Man konnte nach vorn blicken und hoffen, dass sich alles lösen würde.

Die Gäste waren also versorgt. Aber da kam das nächste Problem auf Mrs Fortescue zu und damit war die Dame dann am Ende ihrer Kräfte. Das Personal sprang auf die Barrikaden und drohte mit Kündigung.

Tom Brown hatte sich endlich Gehör verschafft.

„Leute, denkt doch mal nach. Es nützt doch niemandem, wenn ihr in Panik verfallt. Niemand von uns hat sich etwas vorzuwerfen und getroffen hat es die bessere Gesellschaft, wenn man das sagen darf. Seid nicht dumm und gebt euren guten Posten hier im Hotel leichtfertig auf. Die Bezahlung ist angemessen, Kost und Logis frei und die Arbeit ist zu schaffen. Was wollt ihr mehr?"

Die Mitglieder des Personals sahen sich gegenseitig an, man nickte mit dem Kopf, man kräuselte die Nase und dann war die Revolution abgesagt. Die Angestellten gingen ihrer Wege und machten wieder ihre Arbeit. Mrs Fortescue war so froh, dass sie etwas tat, was sie noch niemals getan hatte. Sie stand auf, ging zu Tom Brown und drückte seine Hand.

„Gut gemacht, Tom, wirklich gut gemacht."

Der Gärtner nickte der Hausdame zu, winkte seinem Gehilfen Jordan und machte sich wieder auf den Weg in sein Gartenreich.

Beanstock hatte dem Aufstand der Dienstboten zugesehen und war froh, dass für den Moment wieder Ruhe eintrat. Er ging auf die Terrasse, wo sich die Mitglieder der *Detektiv-Society* aufhielten. Lady Fedora saß mit den Herren Percival und Horatio McKenzie an einem der Tische. Sie bedienten sich von einem Teller mit Lachsandwiches. Dazu gab es Gurkensalat und gekochte Eier. Beanstock hatte diese Auswahl vor einer halben Stunde von dem Büfett geholt und den Herrschaften zusammen mit einer Karaffe Wasser serviert. Danach hatte er sich kurz in der Hotelhalle den lautstarken Streik des Personals angesehen.

Er informierte die Baronets und den Admiral, dass es verschiedene Dinge zu besprechen gäbe. Er schlug vor, dies am Abend im Zimmer der Baronets zu tun.

„Nehmen Sie jetzt bitte auch etwas zu sich, Beanstock. Sie müssen etwas zur Ruhe kommen. Ich sehe Ihnen die Anspannung der letzten Nacht an. Gonzales und Lizzy sollen auch zu Abend essen. Wir erwarten Sie dann in unserer Suite", sagte Lady Fedora und lächelte ihrem Butler zu.

Es war bis zu dieser Minute niemandem aufgefallen.

Niemand der Anwesenden, Personal oder Gäste, ja noch nicht einmal Beanstock vermisste den Earl of Berrisforce.

Warum sollte auch irgendjemand diesen arroganten Vertreter seiner Gattung vermissen?

Gestern, gegen Abend, hatte Sir Frederick einen Anruf bekommen, dass am heutigen Tag Lady Mildreds Leiche von der Rechtsmedizin freigegeben werden würde. Seine Lordschaft könne seine Gattin nach Kent bringen lassen, um sie dort im Familiengrab zu bestatten.

Aber man hatte in der Gerichtsmedizin umsonst auf den Earl gewartet. Dabei hatten sie sich alle Mühe gegeben, um die Lady in einen vorzeigbaren Zustand zu bringen. Einer der Assistenten des Doktors hatte sogar ihre Lockenwickler entfernt und das Haar der Toten gerichtet.

„Ach, die bessere Gesellschaft, was sagt man dazu? Er hätte wenigstens anrufen können. Vielleicht meint er, wir sollten ihm die arme Verblichene ins Hotel bringen? Was die sich immer einbilden. Wenn ich meine Frau so behandeln würde, wäre der Teufel los", hatte der leitende Rechtsmediziner, Dr. Forman, gesagt.

Auch der Einwurf seines jungen Assistenten, dass dafür seine Ehefrau gestorben sein müsse, um etwas Derartiges zu erleben, hatte den guten Doktor nicht besänftigen können.

Lady Mildred wurde zurück in ihr Metallverlies an der Wand der Rechtsmedizin geschoben.

Dr. Forman war nach Hause zu Bratkartoffeln und

Ei gegangen. Darauf freute sich der Doktor an jedem Freitag. Und es war zum Glück Freitag.

Am nächsten Tag würde die Rechtsmedizin knapp besetzt sein. Sollte der Earl doch zusehen.

Noch nicht einmal der Chauffeur Phil hatte sich gewundert, dass keine neuen Aufträge von seinem Chef gekommen waren. Er hatte einen freien Tag genossen und es sich endlich einmal gut gehen lassen.

Ein Earl wird gesucht

Beanstock berichtete in der Suite der Baronets von seinem Erlebnis mit Lady Anne.

„Wie überaus furchtbar. Was wird nun aus ihr werden? Wenn Lady Margaret sterben sollte, wird aus dem versuchten Mord ein richtiger Mord und dann? Ich darf gar nicht darüber nachdenken. Anne ist doch so ein zurückhaltender, ruhiger Mensch. Ich habe sie einmal im Flur vor unserer Suite getroffen. Ich bewunderte ihren Kaftan. Ich kann das nicht glauben", sagte Lady Fedora. „Denkt doch an diesen armen Derek Bentley. Nachdem die Todesstrafe ausgeführt worden war, erkannte man plötzlich seine Unschuld. Ich kann nicht verstehen, warum diese barbarische Vorgehensweise immer noch gehandhabt wird."

Sir Percival tätschelte seiner Gattin die Hand.

„Beruhige dich, Darling, so weit ist es ja noch nicht. Ich habe in der Zeitung erst letztens gelesen, dass man über die Abschaffung der Todesstrafe debattiert. Das ist doch ein guter erster Schritt. Aber für die arme Anne könnte das natürlich noch nicht aktuell sein. Hoffen wir auf einen guten Richter und verständnisvolle Geschworene."

„Ich hatte einen Anruf von meiner Freundin, Lady Marjorie. Ihre Töchter haben bestätigt, dass Dr. Norton in Oxford war. Er hat einen Vortrag gehalten und war anschließend mit Kollegen in seinem Hotel zum Dinner. Das Hotel bestätigte, dass der Doktor am Vormittag angereist sei, dort übernachtete und am nächsten Tag gegen Mittag das Hotel bezahlt und ein Taxi zum Bahnhof genommen hat. Sein Alibi ist also korrekt. Auch wenn er verheimlichen wollte, dass er Lady Mildred am Tag ihres Verschwindens doch noch einmal getroffen hatte. Letztendlich war er in Oxford, als die Dame hier im Hotel noch gesehen wurde. Horatio hat bestätigt, dass die Dame am Abend noch an seinem Tisch zum Dinner anwesend gewesen ist", sagte Lady Fedora. Beanstock hatte fast ein bisschen den Eindruck, als würde es My Lady bedauern.

„Ich habe ebenfalls einen Anruf erhalten. Mein Freund in London hat sich nach dem Personal hier im Hotel erkundigt", sagte Beanstock.

Der Admiral sah seine neuen Freunde, die Baronets, fragend an. Sir Percival schüttelte leicht den Kopf. Das sollte wohl bedeuten, *fragen Sie nicht danach, unser Butler hat seine Quellen.*

„Es gibt keine außergewöhnlichen Vorfälle im Hotel. Auf *Raven Woodhouse* in Kent aber schon. Es hat gut zehn Minuten gedauert, bis er mir sämtliche Vorfälle aufgezählt hatte. Immer war es Lady Mildred, die involviert war.

Ein Hausmädchen wurde des Diebstahls angeklagt und, obwohl sich das Schmuckstück wieder angefunden hatte, der Polizei übergeben. Solche Vorfälle gab es sehr viele.

Einmal gefiel der Lady das Gesicht eines Stubenmädchens nicht, dann wieder musste die Hausdame das Haus verlassen, weil sie zu viel Geld für das Personal ausgab. Ich könnte Ihnen noch viele Vorkommnisse aufzählen.

Aber interessant fand ich eine Sache. Es ging um den Koch und dessen Gattin. Der Earl of Berrisforce hatte die beiden von einer seiner diplomatischen Missionen in Indien mit nach England gebracht.

Der arme Koch hatte im nahegelegenen See Suizid begangen und seine Frau hatte daraufhin mitten in der Nacht das Haus verlassen. Man hat niemals wieder etwas von ihr gehört. Das war vor etwa zwanzig Jahren. Auch mein Londoner Freund kennt diese furchtbare Geschichte aus dem Bericht eines der Angestellten, der damals bei seinem Vorgänger vorstellig geworden war."

Beanstock räusperte sich kurz. Er konnte seine Quelle nicht nennen. Allein Gonzales und Mrs Argyle kannten die Verbindung. Mr Black hatte ihm am Telefon gesagt, dass sein Vorgänger diesen Sachverhalt schriftlich in den Akten der *Daisy-Chain-Verbindung* niedergelegt hatte. Leider konnte man ihn nicht mehr danach fragen, da er einem Mord zum Opfer gefallen war. Beanstock hatte in diesem Fall ermittelt.

Es klopfte an der Tür zur Suite.

Beanstock ging, um zu öffnen.

Die Hausdame Mrs Fortescue stand auf dem Flur und knetete nervös ihre Hände. Sie waren schon ganz rot. Dafür war ihr Gesicht blass und ihre Augen waren weit aufgerissen. Die eisige Strenge, die sie stets verbreitete, war verschwunden.

„Wie kann ich Ihnen behilflich sein?", fragte der Butler.

„Mr Beanstock, bitte, Sie müssen etwas tun. Der Earl of Berrisforce ist nirgends zu finden. Inspector Braddock rief vor ein paar Minuten an und wollte ihn sprechen, da der Herr seinen Termin in der Rechtsmedizin nicht wahrgenommen hatte. Daraufhin stellte ich den Inspector zum Hotelzimmer des Herrn durch. Er nahm den Hörer nicht ab.

Beim Frühstück habe ich den Herrn nicht gesehen, aber durch dieses Chaos hier im Haus ist mir das nicht aufgefallen. Ich habe nach seinem Chauffeur gesehen, der im Personalbereich saß. Er wusste nichts und wir gingen gemeinsam zum Zimmer des Herrn.

Dort ist er auch nicht, sein Bett war benutzt worden, der Schlafanzug fehlte und sein Anzug hing ordentlich über dem stummen Diener. Was soll ich tun? Alles wiederholt sich auf grausamste Weise."

Die Dame war vollkommen überfordert. Es waren zu viele schlimme Dinge passiert in den letzten Tagen. Ihre ganze aufgesetzte äußere Contenance war ihr abhandengekommen.

Beanstock sah kurz auf dem Flur nach, ob irgendjemand dort zu sehen war. Dann bat er die Hausdame in das Zimmer der Baronets.

„Bitte, setzen Sie sich doch, Mrs Fortescue", sagte Lady Fedora. Beanstock schenkte ein Glas Wasser ein und reichte es der Dame.

„Wir werden sofort den Anker lichten und die Segel setzen. Kommen Sie, Percival, wir starten eine Suchaktion", sagte der Admiral und sprang von seinem Sessel auf.

„Mrs Fortescue, ...", sagte Beanstock.

„Gardenia", sagte die Hausdame.

Beanstock lächelte verlegen.

„Sie warten hier und ruhen sich etwas aus. Lizzy, Sie schließen die Tür hinter uns ab und bleiben bei den Damen."

Die Zofe nickte zustimmend.

„Wir anderen teilen uns auf. Wo befindet sich das Personal? Wissen sie vom Verschwinden des Herrn?", fragte Beanstock an die Hausdame gewandt.

„Im Anbetracht des heutigen Aufstandes habe ich davon Abstand genommen, das Personal zu involvieren."

„Ich werde den Gärtner Mr Brown verständigen. Ich hatte den Eindruck, dass das ein sehr integrer Herr ist. Er wird sicher, gemeinsam mit Jordan, helfen können. Die beiden sollten den Park übernehmen. Wir konzentrieren uns dann auf das Haus. Gehen wir", sagte Beanstock. „In welchem Zimmer wohnt der Earl of Berrisforce, Mrs Fortescue?"

„Gardenia, bitte. Zimmer 1-10", sagte die Hausdame und ihre Hände zitterten. Lady Fedora nahm eine ihrer Hände und hielt sie.

„Beruhigen Sie sich. Man wird den Herrn finden."

Sir Percival und der Admiral begannen im Erdgeschoss und würden auch die Kellerräume, den Küchenbereich und die Privatgemächer der Familie Pomeroy durchsuchen. Obwohl der Admiral nicht verstand, warum man im Keller suchen sollte.

Beanstock und Gonzales würden die oberen Etagen absuchen. Vorher gingen sie zum Gartenhaus im Park.

Sie fanden den Gärtner und Jordan beim Reinigen von Gartengeräten. Das gefiel Beanstock. Saubere Gerätschaften, sauberer Garten. So hielt es auch Herringbone auf Parsley Manor.

Er informierte die beiden.

„Was für ein Chaos. Wir machen uns sofort auf die Suche", sagte der Gärtner und legte seinen Putzlappen zur Seite.

„Bitte versuchen Sie, die Sache für sich zu behalten. Wir wollen vorerst das Personal und die verbliebenen Gäste nicht verschrecken", sagte Beanstock.

„Das versteht sich von selbst. Jordan, du bist damit auch gemeint. Kein Wort, auch nicht zu Dolores. Oder meinst du, ich hätte nicht mitbekommen, dass du ihr schöne Augen machst, mein Junge?", sagte der Gärtner und sah Jordan strafend an.

Der junge Mann wurde bis unter die Haarwurzeln rot. Gonzales konnte ihn gut verstehen. Dolores war ein schönes Mädchen, etwas naseweis, aber schön.

Die Suchaktion gestaltete sich nicht so einfach, wie man meinen sollte. Im Haus begegneten Beanstock und Gonzales natürlich Mitglieder des Personals oder einige der wenigen verbliebenen Gäste. Man warf ihnen seltsame Blicke zu. Aber Beanstock führte das auf die immer noch untergründig bestehende Angst vor einem Mörder im Haus zurück.

In der ersten Etage sah sich Beanstock das Zimmer des Earls genauer an. Es war auf den ersten Blick nichts Auffälliges zu bemerken, abgesehen davon, dass der Herr scheinbar noch irgendwo im

Schlafanzug und Pantoffeln unterwegs sein musste. Was Beanstock nicht für möglich hielt. Der Anzug vom Vortag hing ordentlich auf dem stummen Diener, wie es die Hausdame beschrieben hatte.

„Er kann einen anderen Anzug angezogen haben", sagte Gonzales.

„Dann sollte hier noch sein Schlafanzug liegen. Sehr eigenartig."

Aus reinem Instinkt sah Beanstock, genau wie im Zimmer der toten Lady Mildred, hinter dem Nachttisch nach.

„Gonzales, sehen Sie sich das an. Das Kabel zur Klingel ist durchtrennt. Was hat das zu bedeuten? Wahrscheinlich wollte jemand, genau wie bei Lady Mildred, vermeiden, dass der Earl jemandem klingelt. Man wollte ihn aus dem Zimmer locken", sagte er.

„Aber kann es nicht auch einfach kaputt sein? Vielleicht sind noch in anderen Zimmern die Drähte zerschnitten.", sagte Gonzales.

„Das denke ich nicht. Warum sollte man sie durchtrennen? Es ist überaus wichtig, dass die Gäste zu jeder Zeit des Tages und der Nacht ihre Diener erreichen können. Ich hatte im Zimmer der Baronets nachgesehen, alles war dort in Ordnung. Ich werde Mrs Fortescue fragen."

„Gardenia, Señor Beanstock", sagte der Chauffeur und grinste breit. Beanstock räusperte sich hörbar laut. Sie verließen das Zimmer und suchten weiter.

Auch in der ersten Etage war nichts zu finden. In der zweiten Etage ebenfalls nichts. Die meisten waren natürlich verschlossen. Beanstock war eigentlich der Meinung, dass der Earl nicht mehr im Hotel war. Trotzdem musste man alle Möglichkeiten ausschließen.

Einmal gab es ein wenig Ärger, da eine nicht verschlossene Tür nach dem Öffnen einen Herrn in Unterhosen zeigte. Der ältere Herr wurde zornesrot und griff schnellstens zu seinem Morgenmantel.

„Was soll denn das? Haben Sie nicht gelernt, anzuklopfen? Nur mein Butler hat mich bis jetzt in Unterhosen gesehen und so sollte es auch bleiben!", schrie ihnen der Herr entgegen.

„Es tut uns sehr leid, Sir. Wir hatten angeklopft. Sicher haben wir uns im Zimmer geirrt. Bitte nehmen Sie unsere Entschuldigung an."

„Na gut, nun aber raus hier!", rief der alte Herr.

Als die Tür hinter Beanstock geschlossen war, sah er Gonzales nervös blinzelnd an.

„Gehen wir weiter und vielleicht klopfen wir doch immer etwas lauter, bevor wir wieder in so eine peinliche Situation geraten", sagte er.

Gonzales fand das sehr amüsant.

Sie gingen zur nächsten Etage hinauf und erreichten den breiten Absatz, hinter dem es durch den engen Flur zu den Unterkünften der Angestellten und des mitreisenden Personals der Gäste ging.

Gonzales war bereits an den ersten Türen angekommen, als er bemerkte, dass Beanstock nicht bei ihm war. Er ging zurück.

Der Butler stand vor dem großen Wäscheschrank und sah ihn aus einiger Entfernung nachdenklich an.

„Erinnern Sie sich? Hier standen wir schon einmal und haben ein seltsames Geräusch vernommen, das aus dem Schrank zu kommen schien."

Gonzales nickte.

„Sie haben hineingesehen, Señor. Da waren alte Wäschestücke drin."

„Und, Gonzales, erinnern Sie sich noch an die Barke der Teremun? An den Eingang zum Grab im Tal des Wadi Hammamat?"

Gonzales riss seine Augen auf. Er ging zu dem Schrank und begann an den Schnitzereien herumzudrehen. Bei einer der Rosetten gab es einen Klicklaut. Der Schrank glitt leise zur Seite und eine Tür kam zum Vorschein.

„*!Dios mio¡*"

Das Heim der verschmähten Dinge

Beanstock öffnete die alte Holztür und die beiden Herren tauchten in eine Welt ein, die man in diesem überaus ordentlichen Haus niemals vermutet hätte. Der Schrank glitt, nachdem sie die Tür hinter sich wieder geschlossen hatten, zurück an seinen Platz.

Gonzales fand einen Schalter neben der Tür und drehte ihn. Fahles Licht von einigen wenigen staubbedeckten Deckenlampen beleuchtete Räume im Anschluss an den engen Flur. Die Türen standen offen, sodass man eine Unmenge Möbel erkennen konnte. Sämtliche Oberflächen waren mit den unterschiedlichsten Objekten vollgestellt.

Der Flur, durch den sie gehen mussten, war sehr schmal. Die Wände schienen aus Papiergebirgen zu bestehen. Alte Zeitungen, Zeitschriften und Journale, stapelten sich bis unter die Decke. Zwischen den Papierseiten ragten Gegenstände hervor; Hutnadeln, Stifte, alte Federkiele, ja sogar ein Regenschirm mit zerrissenem Stoff.

Sie versuchten, in der Mitte des Ganges zu gehen, ganz vorsichtig und langsam, um keinen der Stapel zum Umfallen zu bringen.

Gonzales atmete auf, als sie diese Enge verlassen konnten. Es gab in den nachfolgenden Räumen winzige Fenster, die kaum Licht hereinließen. Viele von ihnen waren mit irgendwelchen Dingen vollgestellt.

„Freuen Sie sich nicht zu früh, Gonzales. Es geht weiter mit den Hochstapeleien", sagte Beanstock.

„Señor, Sie haben einen Scherz gemacht, Hochstapeleien", sagte Gonzales lächelnd.

„Ich weiß, dass Sie solcherlei Wortspielereien mögen", bemerkte der Butler.

Im nächsten Raum standen Bilder. Einige der Größeren hingen an den Wänden ringsum. Der Rest war an den Seiten gelagert. Keines war ohne einen Makel; zerrissene Leinwände, abgeplatzte Farben, zerbröckelndes Papier, zerkratzte Oberflächen und gesplitterte Holzrahmen.

„Das erinnert mich an einen Fall aus den USA. Die Brüder Homer und Langley Collyer sammelten über die Jahre Dinge in ihrem Haus an. Das war in den dreißiger Jahren, glaube ich mich zu erinnern. Nach dem Tod der beiden Brüder fand man in ihrem Haus zirka fünfundzwanzigtausend Bücher, unzählige Stoffballen, zahllose Schallplatten, Uhren, Büsten aus Gips, sogar eine Orgel und ganze vierzehn Klaviere. Die Polizei brauchte viele Wochen, um das Haus leer zu räumen", sagte Beanstock.

„Warum macht man so etwas? Wieso hebt man denn all diese Dinge auf?", fragte Gonzales und sah einen Stapel Holzschnitte durch, die auf einem Tisch lagen. Fast alle hatten Fehler oder waren verblasst im Laufe der Jahrhunderte.

„Ich kann es Ihnen nicht erklären, Gonzales. Das ist hier dann wohl das Versteck Lady Annes. Sie erwähnte es mir gegenüber, wollte aber den Standort nicht verraten. Vielleicht wollte sie die Vergangenheit mit aller Kraft festhalten. Die Dame fühlt sich von ihrer Schwester unterdrückt und zurückgewiesen. Das ist auch mit diesen alten Dingen hier passiert. Niemand will Mangelhaftes aufheben und so hat Anne ihre Schätze in Sicherheit gebracht."

Sie gingen weiter.

Es war wie ein Labyrinth.

Gonzales wurde immer langsamer.

Beanstock konnte sich denken, was mit ihm passierte.

„Señor Gonzales, es gibt hier keine Geister. Sie müssen sich nicht ängstigen. Ich hoffe, wir finden hier nicht die Leiche des Earls", sagte Beanstock.

„Ich ängstige mich gar nicht. Ich nehme es mit jedem Boxer auf, mit fast jedem, aber Geister lassen sich nicht festhalten. Das bereitet mir Sorgen." Gonzales versuchte, sich zu verteidigen, aber Beanstock war bereits bei anderen Gelegenheiten aufgefallen, dass der Chauffeur Probleme mit Toten oder Geistern gehabt hatte. Er schmunzelte. Gonzales war der mutigste Mann, den er kannte, aber auch die mutigsten Menschen haben eine Achillesferse.

Der nächste Raum war vollgestellt mit Uhren aller Art, einige hatten keine Zeiger mehr und ein paar Exemplare waren schlichtweg verrostet. Auf einem alten zerkratzten Mahagonitisch standen verschieden große Holzkästen und ein altes Telefon. Viele dieser Kästen besaßen aufwendige Intarsien, aber allen haftete irgendein Makel an. Es fehlten Deckel, Rost breitete sich aus und Intarsien waren herausgefallen.

Gonzales war neugierig und hob einen der intakten Deckel an. Sofort begann Musik zu spielen, kratzig und angsteinflößend. Ein Kind in seiner Wiege würde davon nicht einschlafen können. Der Chauffeur schlug den Deckel schnell zu und trat einen Schritt zurück. Es handelte sich also um Spieluhren.

„Das ist sehr unheimelig, Sir, ich mag alte Spieluhren nicht. Das erinnert mich an unsere Zeit mit Mr Black im Langham-Hotel. Da gab es auch so eine furchterregende Melodie." Gonzales schüttelte sich.

„Unheimelig ist auf keinen Fall ein richtiges Wort, Gonzales. Ich weiß, was Sie sagen wollen, es hört sich nett an. Aber streichen Sie es trotzdem aus Ihrem Wortschatz. Ich möchte etwas ausprobieren", sagte der Butler und nahm den Hörer des Telefonapparates ab. Er wählte eine Nummer und wartete.

Am anderen Ende meldete sich Lizzy.

„Ja, bitte? Zimmer dreiundzwanzig, wen möchten Sie sprechen?"

„Beanstock hier, Lizzy, ich wollte etwas überprüfen. Wir sind bald zurück. Danke." Er legte den Hörer auf die Gabel des alten Telefons.

„Dieser Apparat ist also noch in Funktion. Sehr interessant. Mit der jeweiligen Zimmernummer kommt man an sein Ziel."

Gonzales sah ihn fragend an und verstand nicht, was daran interessant sein sollte. Sie gingen weiter durch die Räume.

Im nächsten Zimmer gab es Kleider, Jacken, Mäntel und Anzüge. Alle schienen aus einer weit entfernten Zeit zu stammen. Eine zerschlissene Krinoline hing an einem Kleiderständer in der Ecke. Auf dem Boden lagen mottenzerfressene Teppiche.

Gonzales schreckte plötzlich zurück.

„Was haben Sie gesehen?", fragte der Butler aufgeregt.

„Da ist ein Herr. Er schaut zu uns", flüsterte Gonzales und wies mit der Hand durch den folgenden Türbogen.

Beanstock stellte sich vor den Chauffeur und sah zu dem Mann im Nebenzimmer.

Dann drehte er sich zu Gonzales um, der inzwischen die Augen geschlossen hatte.

„Ist das der Earl?", fragte Gonzales.

„Nein, Gonzales, das ist er nicht. Das ist ein riesiges Bild von einem Herrn, der auf einem Stuhl sitzt und uns ansieht. Der Stuhl kommt mir bekannt vor. Ich glaube aus dem Zimmer der Hausdame. Er hat diese riesige Rückenlehne mit den seltsamen Schnitzereien. Sehen wir uns den Mann etwas näher an. Kommen Sie."

„Oh gut", sagte der Chauffeur und atmete auf.

„Das ist das fehlende Ahnenbild, von dem Sir Percival gesprochen hat. Der Vater von Lady Margaret und Lady Anne. Sein Name steht unten am Bild. Sie muss ihn hier heraufgeschleppt haben, weil ihre Schwester ihn nicht mehr sehen wollte. Der Admiral fand das reichlich übertrieben."

„Wenn man Gemälde verstecken wollte, sollte unbedingt das Bild von Lady Fedoras Tante aus der Bibliothek verschwinden. Ich bekomme Gänsepusteln, jedes Mal, wenn ich dieses zornige Gesicht sehe", sagte Gonzales.

Beanstock äußerte sich zu der neuerlichen Wortschöpfung des Chauffeurs nicht. Er könnte ihm erklären, dass es Gänsehaut heißen müsste, aber der Mann würde die Wortverdrehungen nicht aufgeben.

„Lady Fedora hängt sehr an ihrer Tante. Das Bild muss in der Bibliothek bleiben. Schauen Sie, Gonzales, dieses Bild wurde öfter verschoben. Auf dem Boden sieht man Kratzspuren. Schieben wir es etwas zur Seite." Sie zogen das Bild von der Wand fort. Eine große Holztür kam zum Vorschein. Sie befand sich etwa in Hüfthöhe. Beanstock öffnete die Tür.

„Das ist ein alter Speisenaufzug. In dieser Wohnung hat einmal jemand gewohnt und so war es einfacher Speisen nach oben zu befördern. Dem Zustand nach zu urteilen, wird er zurzeit nicht mehr genutzt. Es müsste demnach auch im Küchenbereich ein Zugang zu finden sein. Das ist mir niemals aufgefallen. Auf dem alten Holz sind ein paar dunkle Flecken zu sehen. Das könnte Blut sein." Beanstock zog eines seiner Taschentücher hervor und rieb an den Flecken. Das Tuch färbte sich rot. Er zeigte es dem Chauffeur, der wissend nickte.

Gonzales sah sich die Konstruktion des Aufzugs genauer an. Neben der Doppeltür gab es eine Leiste mit Druckknöpfen.

„Wofür sind diese Knöpfe?", fragte er und drückte bereits auf einen der unteren.

„Tun Sie das um Himmels willen nicht, Gonzales!", rief Beanstock.

Aber es war zu spät. Der Mechanismus setzte sich in Bewegung. Der Butler schloss die Augen. Sicher würde das Rattern und Klappern im ganzen Haus zu hören sein.

Aber er irrte sich. Der Aufzug bewegte sich leise und ohne störenden Lärm nach unten.

Beanstock riss seine Augen wieder auf.

„Seltsam. Der Mechanismus scheint gut geölt worden zu sein. Vielleicht hat Lady Anne diesen Aufzug genutzt, um ihre Schätze nach oben zu bringen. Aber ich denke, dass ihn der Mörder für seine Zwecke genutzt hat. Die Blutflecke belegen das."

Zur selben Zeit standen der Koch und Dolores wie erstarrt in der Küche. Der Aufzug, dessen Türen sich im Flur vor der Küche hinter einem Gemälde befanden, war unten angekommen und mit einem lauten Knacken stehen geblieben. Dolores vermutete sofort, dass Geister am Werk wären. Sie war gerade mit dem Rühren in der Suppe beschäftigt gewesen. Vor Schreck war ihr der Löffel aus der Hand gefallen und lag nun irgendwo unter Mohrrüben und Sellerie begraben.

Mr Pinker, der Koch, schüttelte den Kopf. Er hatte sich niemals um dieses alte Ding gekümmert. Der Aufzug wurde nicht mehr benutzt. Wozu er einst diente, war ihm nicht bekannt. Aber er wusste, dass es ihn gab.

Die beiden Herren in der oberen Etage atmeten auf, als endlich wieder Ruhe eintrat.

„Gonzales! Keinen Knopf drücken, wenn man nicht weiß, was er auslöst! Niemals!", rief Beanstock.

Gonzales nickte beklommen.

Dann sahen sich die beiden weiter um.

Neben dem Gemälde des Herrn standen auf

großen Überseekoffern etliche Marmorbüsten mit Hüten auf dem Kopf. Eine Dame trug eine altertümliche Haube. Daneben stand eine alte Kommode, die sicher hier schon sehr lange ausharren musste. Sie war voller Schimmel.

Beanstock zog nacheinander die Schubladen auf. Sie waren vollgestopft mit Akten und alten Briefen. Und in einer der Schubladen fand er eine Dose mit dem Aufdruck *Arsen*. Er zeigte Gonzales seinen Fund. Die Dose war leer.

Sie hat sie also doch nicht ins Feuer geworfen. Warum hat sie mich angelogen?, überlegte Beanstock.

„Es kann auch Zufall sein, dass sich die Dose mit dem Gift hier befindet. Die Kommode ist schon sehr alt. Vielleicht stand sie schon Jahrhunderte darin. Sehen wir uns den Rest der Zimmer noch an. Aber irgendwie habe ich das Gefühl, dass wir den Earl hier oben nicht finden werden." In der Kommode lagen Papiertüten. Der Butler zog eine der Tüten heraus und die Arsendose wanderte hinein.

„Ich werde sie Inspector Braddock übergeben", sagte er.

„Das sollten Sie sich noch einmal überlegen, Sir. Dann wird er Sie sofort verhaften. Mit Vernunft kann man diesem Polizisten nicht begegnen", sagte Gonzales.

„Sie haben recht, Señor Gonzales. Aber das ist ein wichtiges Beweisstück und muss auf Fingerabdrücke untersucht werden."

Sie sahen sich weiter um.

Die Annahme Beanstocks stellte sich als richtig

heraus. Der Earl of Berrisforce tauchte in dem Wirrwarr der Räume nicht auf. Die beiden rollten sogar einige große Teppichrollen auseinander. Aber sie fanden keine Leiche.

Nach fast einer Stunde des intensiven Durchforstens der Räume, es waren am Ende sieben, einer davon voll mit gruseligem uralten Spielzeug, verließen sie diesen seltsamen Ort. Gonzales hatte den Hebel neben dem Lichtschalter entdeckt und nachdem er ihn betätigt hatte, schwang der Schrank lautlos zur Seite.

Im Bereich des Personals war keines der Zimmer verschlossen. Sie sahen vorsichtig in jedem nach und das Einzige, was Beanstock feststellte, war, dass der Page Gregor noch niemals etwas von Ordnung gehört haben musste. Nun bekam Beanstock die Gänsehaut. Es zuckte in seinen Fingerspitzen. Am liebsten würde er hier einmal ordentlich mit dem Staubbesen durchgehen. Dafür müsste man aber erst einmal den Boden unter dem Wulst an Bekleidung finden.

Er rückte seine Krawatte zurecht. Sie saß vollkommen korrekt, aber er hatte das Gefühl, sein Kragen sei zu eng geworden bei diesem Anblick. *Regel sieben: Unordnung führt zu weiterer Unordnung.*

Auch hier in der letzten Etage also keine Spur des Vermissten.

„Schauen wir, ob Mr Brown und Jordan erfolgreich waren. Danach gehen wir zurück zu Lady Fedora. Sicher sind die Herren bereits dort und können eventuell mehr berichten", sagte Beanstock.

Der Gärtner, Mr Brown, meldete, dass er nichts

melden konnte. Kein Erfolg im Park oder im angrenzenden Gemüsegarten. Auch im Gartenhaus war niemand zu finden gewesen.

Beanstock dankte den beiden und bat sie weiterhin um Diskretion. Der Gärtner nickte zustimmend.

„Sicher wird der Vermisste wieder auftauchen. Vielleicht ist er einfach in Bath unterwegs und hat die Zeit vergessen", meinte der Gärtner abschließend.

„In Schlafanzug und Pantoffeln? Ich denke, das wäre den Bewohnern von Bath aufgefallen", meinte Beanstock dazu.

Sie wollten zurück zur Suite der Baronets gehen, als ihnen auf dem Vorplatz des Hotels ein Polizeiwagen entgegen gefahren kam.

Inspector Braddock stieg aus.

Er öffnete die hintere Tür des Wagens und zur Überraschung der Herren stiegen Anne und Margaret Pomeroy aus. Margaret sah sehr blass und mitgenommen aus. Sie stützte sich auf den Arm ihrer Schwester und taumelte leicht. Schnell sprang Gonzales hinzu und half den beiden Damen. Sie gingen gemeinsam zur Treppe und stiegen mit Mühe hinauf zur Eingangstür.

„Sie sind noch lange nicht vom Haken!", rief der Inspector den Frauen nach.

„Haben Sie herausgefunden, dass Lady Anne unschuldig ist?", fragte Beanstock, der neben dem Inspector angekommen war. Würde der Kriminalbeamte ihm Auskunft geben? Beanstock blieb skeptisch und bereitete sich auf eine neuerliche Schimpfkanonade vor.

„Margaret Pomeroy hat eine Anzeige verweigert.

Sie ist der Ansicht, sie habe sich selbst vergiftet. Es wäre ein Unfall gewesen. Sie wollte uns weismachen, dass sie mit Rattengift hantiert hätte und versehentlich etwas aufgenommen haben müsse, über ihre Hände oder dergleichen. Sie fragte mich tatsächlich, ob ich wüsste, wie oft ein Mensch sich am Tag ins Gesicht greift. Woher soll ich das wissen?", rief der Inspector, im Verlauf seiner Antwort immer lauter.

„Man sagt, etwa achthundert Mal, Sir", antwortete Beanstock ungefragt. Das war wieder einmal zu viel für den guten Inspector.

„Ich habe Sie nicht um eine naseweise Antwort gebeten!", schrie er und klopfte auf seinem Handrücken herum.

„In einer Stunde kommt ein Suchtrupp und wird das Haus durchsuchen. Man hat mich informiert, dass der Earl nicht zu finden ist. Kann ja wohl nicht wahr sein, dass schon wieder ein Gast verschwunden ist! Vielleicht löst sich das gesamte Hotel noch in Nebel auf!", brüllte der Inspector zornesrot.

Beanstock reichte ihm die Tüte mit dem Arsen.

Der Inspector sah hinein.

„Wo haben Sie die her? Das ist sehr verdächtig. Wollen Sie mir erzählen, dass das Gift einfach irgendwo herumstand? Halten Sie sich zur Verfügung. Es könnte durchaus sein, dass wir Ihre Fingerabdrücke auf dem Beweisstück sichern können. Wollen Sie nicht lieber gleich gestehen?"

Beanstock schüttelte den Kopf über so viel Inkompetenz. Er hatte nicht vor, dem Mann zu verraten, wo er das Gift gefunden hatte.

„Wir sprechen noch darüber!", rief der Inspector

dem Butler zu, stieg in den Polizeiwagen und fuhr davon.

Beanstock hätte ihm sehr gern erklärt, dass man das Hotel schon durchsucht hatte, aber er hielt sich lieber zurück mit seiner Meinung. Wer hatte dem Inspector mitgeteilt, dass der Earl verschwunden war? Er hätte ihn danach fragen können, aber sicher wieder keine eindeutige Antwort erhalten. Beanstock vermutete, dass der Rechtsmediziner gegenüber Inspector Braddock erwähnt hatte, dass der Earl of Berrisforce nicht erschienen war, um seine Frau abzuholen. Daraufhin hatte der Inspector im Hotel angerufen. Mrs Fortescue hatte darüber berichtet.

Der Butler folgte Gonzales und den Damen ins Haus. Dolores und das Zimmermädchen Louise kamen ihm in der Hotelhalle entgegen. Beide rissen die Augen auf beim Anblick der beiden Pomeroy Schwestern.

„Bringen Sie bitte Tee in den Salon der Ladys und vielleicht auch etwas Hochprozentiges", sagte Beanstock an Dolores gewandt. Sie knickste leicht und lief in Richtung Küche davon.

Im Salon des Privatbereichs der Damen hatte Gonzales inzwischen Lady Margaret auf dem Sofa platziert und eine Decke über ihr ausgebreitet. Ihre Schwester stand am Fenster und blickte hinaus auf den Park. Beanstock stellte sich neben die Dame.

„Ich weiß, wie viel Glück ich hatte, Mr Beanstock. Sie müssen mir das nicht vorrechnen. Ich hätte aber niemals von Margaret erwartet, dass sie auf eine Bestrafung verzichtet. Dann wäre sie mich doch ein für alle Mal los gewesen. Verstehen Sie das?"

„Es kommt nicht infrage, dass ein Mitglied aus dem Hause Pomeroy im Gefängnis landet." Das kam leise und leicht heiser vom Sofa aus. Lady Margaret stöhnte leise.

„Ich werde nichts mehr unternehmen, Anne. Wir sollten endlich diese Sache begraben. Ich war immer so eifersüchtig auf dein Verhältnis zu Vater. Du warst sein Liebling und er hat mich fortgeschickt."

Anne lief zu ihrer Schwester und setzte sich auf den Boden vor ihrem Sofa.

„Vater hat dich ebenso geliebt wie mich. Du hast ihn immer zurückgewiesen. Er war ein überaus empfindsamer Mensch. Bei ihm kam alles direkt aus dem Herzen. Wahrscheinlich hat Mutter ihn deshalb geheiratet. Sie war mehr wie du, streng zu sich selbst und mit eiserner Disziplin. Sie ist zu früh von uns gegangen", sagte Anne leise.

Lady Margaret schluckte schwer. Man sah ihr die Anstrengung an, entweder durch die Vergiftung hervorgerufen oder durch die Aufregung, sich mit ihrer Schwester endlich auszusprechen.

Der Arzt hatte sie auf eigene Gefahr gehen lassen. Er hatte sich mit der streitsüchtigen Dame nicht auseinandersetzen wollen und die Entlassung schließlich unterschrieben.

Nachdem der Tee serviert war und Dolores den Raum wieder verlassen hatte, setzte sich Lady Margaret auf. Anne hielt ihr eine Tasse an die Lippen und ihre Schwester trank.

„Du weißt, warum ich so geworden bin, oder Margaret?", fragte Anne und stellte die Tasse auf den Tisch zurück. Sie sah ihre Schwester mit dem Blick eines verwundeten Rehs an.

„Woher soll ich das denn wissen? Ich verstehe es nicht. Ich dachte, du kommst nach Vater. Er war doch verrückt und seltsam. Mit seiner ewigen Sammelei und diesem Haus voller Altertümer."

Anne blickte kurz zu Boden. Sie hatte das Gefühl, dass die Schatten über ihr schwebten und sie verhöhnen wollten.

Eins ... zwei ... drei ... ich komme, klang es in ihrem Kopf.

Beanstock sah, wie verwirrt der Ausdruck ihrer Augen plötzlich wurde.

„Kann ich Ihnen helfen, My Lady?", fragte er an Anne gewandt. Sie schüttelte den Kopf.

„Ich war sechs Jahre alt. Margaret war gerade zehn geworden. Kinder waren zu ihrer Geburtstagsfeier geladen und wir tollten ausgelassen im Park herum. Einer der größeren Jungen zeigte ständig auf mich und forderte von Margaret, dass ich weggehen sollte. Ich wäre zu klein und sollte nicht mitspielen. Da machte meine Schwester den Vorschlag, im Haus Verstecken zu spielen."

Eins ... zwei ... drei ... ich komme!

Für einen Moment schloss Anne die Augen. Sie schlug mit der Hand gegen den Kopf. Margaret und die beiden Herren bekamen einen furchtbaren Schreck.

„Es war ganz oben, in der Etage, die wir als Kinder nicht betreten durften. Unsere Amme meinte, es würde dort oben spuken, weil hier einmal vor vielen Jahrzehnten eine Tante gelebt haben soll. Sie soll recht eigenartig gewesen sein. Deshalb wurde sie von der Familie ferngehalten. Du hast zu mir gesagt, wir sollen uns da oben verstecken, dort findet uns niemand. Du hast den alten Wäscheschrank auf dem Absatz geöffnet und gesagt, ich solle reinsteigen. Als ich drin war, hast du die Tür von außen verriegelt und bist lachend weggelaufen." Anne hielt inne mit ihrer Rede. Heiße Tränen liefen über ihr Gesicht.

„Ich erinnere mich nicht daran", flüsterte Margaret mit heiserer Stimme.

„Ich habe euch rufen hören. Eins ... zwei ... drei ... ich komme! Aber zu mir ist niemand gekommen. Es wurde Abend, bevor man mich vermisste. Ich saß viele Stunden im Schrank, im Dunkeln. An der Rückwand des Schrankes gab es ein loses Brett. Als ich es zur Seite schob, sah ich dahinter eine Tür. Ich habe mich gefürchtet.

Ich habe geweint, so sehr geweint und geschrien habe ich, aber es hat mich niemand gehört. Erst als das Personal den Auftrag unserer Eltern bekommen hatte, nach mir zu suchen, hörte jemand meine Rufe. Es zog mich seit diesem Tag immer wieder zu dem alten Schrank. Ich kann es nicht erklären. Meine Hände strichen über die Schnitzereien und irgendwann bewegte sich der Schrank zur Seite. Er machte furchtbaren Lärm. Die Vorrichtung war seit Jahrzehnten nicht mehr benutzt worden. Ich kümmerte mich darum.

Dann fand ich die alte Wohnung. Derjenige, den man dort versteckt hatte, muss furchtbar gelitten haben."

Beanstock nickte Gonzales zu und machte ihm klar, dass sie gehen sollten.

„Mr Beanstock, warten Sie bitte einen Moment", sagte Anne leise. „Ich möchte Ihnen etwas geben."

Sie griff in den Korb mit ihrer Wolle, der seit ihrer Verhaftung im Salon stand, und zog eine Kette heraus.

„Ich, ich ..." Sie überlegte. Beanstock konnte sich den Grund vorstellen.

Er half ihr. „Sie können mir vertrauen, My Lady."

Anne nickte.

Sie reichte ihm die zarte Kette mit dem Anhänger.

„Ich weiß nicht, wie sich dieses Ding in mein ... Sie wissen schon, verlaufen hat. Es lag im Flur der Wohnung. Können Sie etwas damit anfangen? Ich mag es nicht, es ist viel zu makellos. Die lateinischen Schriftzeichen konnte ich nicht vollständig verstehen. Und das Wappen auf der anderen Seite ist mir unbekannt. Die Kette brannte mir in den Fingern wie eine Flamme, die man nicht löschen kann. Nehmen Sie sie bitte an sich."

Beanstock sah sich das Kleinod einen Moment an. *Prima potentia, deinde moralis. Das bedeutet: zuerst die Macht, dann die Moral. Das Wappen auf der Vorderseite sieht sehr eigenartig aus,* dachte er.

Er nickte Anne zu und verwahrte die Kette in seiner Jacketttasche.

„Ich denke, Sie kommen nun allein zurecht. Meine Damen", sagte er und verbeugte sich leicht.

Die beiden Herren verließen den Salon.

Das Letzte, was sie hörten, war das laute Schluchzen Lady Margarets und die beruhigenden Worte ihrer Schwester.

„Hoffen wir, dass diese schlimme Geschichte

wenigstens auf die beiden einen guten Einfluss hat", sagte Beanstock. „Es bleibt das Problem des verloren gegangenen Earl of Berrisforce."

„Was für eine traurige Geschichte. Das erinnert mich fast ein bisschen an das Haus der Lady Sherry, erinnern Sie sich, Sir?"

„Wie könnte ich das vergessen?"

„¡Maldito¡ Warum können die Menschen nicht freundlich miteinander umgehen? Warum immer dieses Chaos? Wenn man eine Familie hat, ist das doch unbezahlbar. Man sollte sie hegen, pflegen und immer füreinander da sein. Ich wäre glücklich, wenn meine Familie noch bei mir wäre", sagte Gonzales traurig.

„Sie können also die richtigen Worte finden, Señor Gonzales, wenn Sie es wollen, wohlgemerkt. Aber Sie haben eine Familie. Sie sollten unsere Gemeinschaft auf Parsley Manor niemals außer Acht lassen. Wir werden immer für Sie da sein."

Gonzales wischte sich eine Träne aus dem Auge und lächelte dem Butler dankbar zu.

Inspector Braddock schmeißt hin

Die heißen und heilsamen Quellen in Bath hatte es einer Legende nach bereits zur Zeit König Artus' gegeben. Aber erst die Römer hatten ein richtiges Thermalbad daraus gemacht.

Sie hatten in dem regnerischen kühlen Landstrich lange suchen müssen, bis sie eine heiße Quelle gefunden hatten, die ihren Ansprüchen gerecht werden konnte. Die Eroberer Englands hatten allzu viel vermissen müssen in diesem nasskalten Land. Bath, damals noch *Aquae Sulis* genannt, hatte sein *Römisches Bad* bekommen und die Eroberer hatten nach Herzenslust im heißen Wasser planschen können.

Den heutigen Kurgästen war es nicht mehr erlaubt, in dem alten Thermalbad unterzutauchen, aber es war trotzdem ein Besuchermagnet geblieben.

Das Bauwerk machte den Eindruck eines Tempels. Hohe Säulen mit römischen Kapitellen, Bogendurchgänge, kunstvolle Mosaike und Wandmalereien. Die Römer hatten gewusst, wie man das Wort Luxus schreibt.

Das Museum schloss wie immer um zwanzig Uhr seine Pforten für die Besucher.

Die Lichter am großen Badebecken, wunderschöne schmiedeeiserne Fackeln, wurden gelöscht und der Nachtwächter begann seinen Dienst. Aber bevor er in einer Stunde den ersten Rundgang machen würde, sah er in seine Brotbox. Was seine Frau ihm wohl heute eingepackt hatte?

Er nahm die kleine Thermosflasche mit dem Tee heraus, stellte sie auf den Tisch im Hausmeisterbüro und griff zu den eingepackten Broten. Ein geübter Blick und er wusste, dass schon wieder Kochwurst auf seinem Pausenbrot war. Angesichts der für ihn kaum leckeren Brote verzog er sein Gesicht. Wenigstens hatte ihm seine Frau ein paar gekochte Eier danebengelegt. Und was war mit einem Stück Kuchen? Sie hatte heute Morgen gebacken. Er wusste es ganz genau und gerochen hatte er es auch. Ein Zettel lag neben den Broten. Er zog ihn aus der Box und faltete ihn auseinander.

Darling, der Arzt hat es verboten. Darum heute kein Kuchen. Hab eine gute Zeit und bis später. Wilma. Das stand tatsächlich dort in der feinen Schrift seiner Angetrauten. Vor seinem geistigen Auge sah er seine beiden Kinder über den leckeren Kuchen herfallen. Er würde wahrscheinlich in diesem Moment schon nicht mehr existieren. Eine dicke Zornesfalte formte sich zwischen seinen Augenbrauen. *Verdammte Ärzte,* dachte er. Das nächste Mal würde er seine Gattin nicht mit in das Sprechzimmer lassen. Sie nahm immer alles so genau.

Er warf seine Nachtwächtermütze auf einen Stuhl

und goss sich einen Becher Tee ein, warf zwei Stück Zucker hinein, überlegte kurz und warf ein drittes hinterher. Dann eben zuckersüßen Tee. Das sah seine Gattin nicht.

Als er den Becher an die Lippen gesetzt hatte, hörte er ein quietschendes Geräusch, wie ein schlecht geöltes Rad an einem Wagen. Beinahe hätte er sich verschluckt.

Er stand auf, ging zur Tür, öffnete sie und sah auf dem Gang nach.

Warum war ein Gebäude nachts immer um so viel gruseliger als am Tag? Wenn er im hellen Licht des Morgens durch die Räume schritt und seinen letzten Rundgang gegen fünf Uhr früh antrat, sah alles hell und freundlich aus. Aber zu dieser Stunde wirkte jeder Stein und jede der Statuen unheimlich.

Er machte einen Schritt und hatte plötzlich das Gefühl, beobachtet zu werden. Es fröstelte ihn.

Vielleicht hole ich erst einmal die Taschenlampe, dachte er und wollte zurück in das Büro gehen.

Ein Schatten bewegte sich im Dunkel des Flurs.

„Wer ist da? Kommen Sie gefälligst heraus! Ich habe eine Waffe!", rief er zitternd vor Angst in die Schwärze des Flurs.

Eine Gestalt, eher ein schattenhaftes Wesen, flog auf ihn zu und sprang mit einem lauten *miau* vor seine Füße.

„Um Himmels willen, Marley, wie kannst du mich so erschrecken?", rief der Hausmeister. „Hast dich wieder einschließen lassen, oder? Na komm schon mit, ich habe leckere Kochwurst für dich."

Wenigstens ein Lebewesen würde sich über die

verschmähte Wurst freuen.

Die beiden Freunde gingen in das Büro zurück und Marley, seines Zeichens Hauskater des *Römischen Bades*, ließ sich nicht zweimal zum Essen einladen. Er und der Hausmeister kannten sich seit Jahren. Eines Tages war der orange getigerte Kater aufgetaucht und nicht mehr gegangen. Sein Schwanz war etwas dünn und krumm. Er war irgendwann eingeklemmt worden und hatte deshalb diese unverkennbare Form. Offiziell hatte man ihn als Museumsmäusejäger angestellt. So war jedem geholfen. Dem Museum blieben die Mäuse erspart und Marley hatte sein Auskommen für den Rest seiner Tage.

Nach etwa einer Stunde guter Gespräche mit dem Kater erhob sich der Hausmeister und begann seine nächtliche erste Runde.

Der Schock ereilte ihn im wichtigsten Bereich des einst für die römische Besatzung so beliebten Thermalbades.

Leichter Dunst lag über der Wasserfläche. Die breiten Säulen mit den römischen Kapitellen reihum glänzten im Schein des Mondes.

Der Nachtwächter Bill Carlisle leuchtete mit seiner Taschenlampe über die Wasseroberfläche. Marley saß an seiner Seite und putzte sich die letzten Krümel aus dem Fell.

Bill musste mehrmals hinsehen, um es wirklich zu glauben. Da schwamm ein Mensch im Wasser. Er trug einen rosafarbenen Schlafanzug und lag mit dem Kopf nach unten im Becken. Zum Schwimmen war er wohl nicht hergekommen.

Der Hausmeister prallte zurück und Marley bekam

einen Schreck. Er verschwand schnellstens in der Dunkelheit der weitläufigen Anlage.

Bill Carlisle, seit zwanzig Jahren Hausmeister im altehrwürdigen *Römischen Bad* von Bath, traute seinen Augen nicht. Er zog seine Schuhe aus und ließ sich in das Becken gleiten. Bei dem Mann im Wasser angekommen, stellte er fest, dass da wohl nichts mehr zu machen war. Also schwamm er zurück und ging in das Büro zum Telefon.

Nachdem er die Polizei angerufen hatte, telefonierte er noch mit dem Verwaltungschef, Mr Bumbl, der sich sofort auf den Weg machte. Dann erst rief Bill Carlisle seine Ehegattin an und erklärte ihr, dass er wohl nicht zur gewohnten Zeit daheim sein würde.

Als die Polizei eintraf, in Gestalt von Inspector Braddock und etlichen Constables, stand Bill wartend neben der geöffneten Eingangstür. Er brachte den Inspector und seine Constables zum großen Becken und wies auf die Gestalt im Wasser. Inzwischen hatte er das Licht in den Räumen angeschaltet.

Kurz danach trafen auch die Spurensicherung und der Rechtsmediziner Dr. Forman ein. Er sah sich das Ganze eine Weile abwägend an. Dann meinte er zu dem Inspector, man müsse die Leiche nun doch aus dem Wasser holen, sonst könne er nichts zur Todesursache sagen. Der Todeszeitpunkt müsse später ermittelt werden.

Also zeigte Braddock mit der rechten Hand auf einen der Constable. Der Mann legte seine Uniformjacke und seinen Helm ab, nahm alles aus seinen Hosentaschen, was herausfallen könnte, und stieg in das Wasser. Zuerst hatte der Polizist noch Bedenken, aber als er merkte, wie warm das Wasser war, fiel ihm die Schwimmaktion schon leichter.

Er brachte die Leiche des Mannes, denn es handelte sich eindeutig um einen Mann, zur Terrasse und zwei andere Polizisten hievten den Körper aus dem Wasser. Sie drehten ihn um, sodass man das Gesicht sehen konnte, und legten ihn vorsichtig auf die Steinfliesen der Terrasse, die sich rund um das Thermalbecken zog.

„Da haben wir den vermissten Earl of Berrisforce endlich gefunden, mein guter Braddock", sagte der Rechtsmediziner, hockte sich neben den Toten und begutachtete ihn. Er öffnete den Mund des Opfers mit einer Pinzette.

„Natürlich sind durch sein nächtliches Bad einige Spuren verloren gegangen. Aber aufgrund der fehlenden Spuren im Mund und auf den Lippen schließe ich eine Vergiftung in diesem Fall aus. Ich tippe auf Ertrinken. Das muss ich in der Rechtsmedizin noch nachweisen. Ich entnehme deshalb auch eine Probe des Wassers hier aus dem Becken." Er reichte seinem Assistenten ein Röhrchen, um eine Probe zu nehmen.

„Wie ist der Mann hier gelandet? Sie müssen doch irgendetwas zum Todeszeitpunkt sagen können?", fragte der Inspector mit einer Stimme, die leicht heiser klang.

„Tut mir leid, Braddock, das warme Wasser verfälscht die Bestimmung des Todeszeitpunkts. Aber ich werde mein Bestes geben, wenn er bei mir auf dem Tisch liegt. Äußerlich ist nichts zu sehen, halt, warten Sie!", rief er plötzlich aus. Er wies seinen

Assistenten an, ihm zu helfen, die Leiche noch einmal umzudrehen.

„An seinem Haar klebt etwas, das getrocknetes Blut gewesen sein könnte. Durch das Wasser wurde das natürlich aufgeweicht. Ein stumpfes Trauma am Hinterkopf würde ich meinen. Da ist ein ziemliches Loch im Schädel. Da lehne ich mich einmal weit aus dem Fenster und sage, das war die Todesursache."

„Hat er sich den Kopf am Beckenrand gestoßen? Vielleicht wollte er baden und ist hineingefallen", sagte der Inspector hoffnungsvoll. Vielleicht stellte sich zumindest diese Sache als Unfall heraus.

Dr. Forman sah ihn skeptisch an.

„Im Schlafanzug? Nach Schließung der Therme und zu Fuß vom Hotel aus? Lieber Braddock, das sollten Sie noch einmal überdenken."

„Ich habe schon andere haarsträubende Dinge gesehen! Vor allem, seitdem ich bei der Mordkommission bin!", schrie er den Doktor an. Seine Geduld neigte sich bereits dem Ende zu und sein Siedepunkt würde bald erreicht sein.

Der Inspector setzte sich auf einen Steinsockel und legte seinen Kopf in die Hände. Dr. Forman sorgte sich und stand auf, um nach ihm zu sehen.

„Alles in Ordnung, Braddock?", fragte er.

Er setzte sich neben den Inspector und legte ihm eine Hand auf die Schulter.

„Na, na, was ist denn los?", fragte er.

„Ich will nicht mehr. Und wissen Sie was, Doktorchen? Ich werde auch nicht mehr. Ständig wird nachts gemordet. Kein Täter nimmt Rücksicht. Ich kann mich kaum erinnern, wann ich das letzte Mal durchgeschlafen habe.

Bin für die Mordkommission nicht gemacht. Lass mich versetzen. Vielleicht irgendwohin aufs Land. In einen ruhigen kleinen Ort, weitab von Mördern und Verbrechern und diesem ganzen Kram.

Was hat diese Hausdame Fortescue ausgesagt, wo sie früher gearbeitet hat? Brams? Da soll es so idyllisch und ruhig sein. Da gibt es bestimmt keine Verbrechen", nuschelte der Inspector in seine Hände, sodass Dr. Forman kaum etwas verstanden hatte.

Eins wusste der Doktor. Sein Kollege aus der Nähe von Brams, von der Mordkommission Lintie, hatte ihm einen interessanten Fall zugeschickt. Im Nachbarort St. Applewood hatte es vor längerer Zeit eine Mordserie gegeben. Das würde er dem Inspector aber lieber nicht auf die Nase binden. Ließ man ihm doch lieber einen Funken Hoffnung.

Der Earl of Berrisforce wurde aus dem Museum fortgebracht und bezog zur gleichen Stunde eine Metallkammer neben seiner Gattin Lady Mildred. Wer die beiden nun bestatten sollte, war Dr. Forman erst einmal egal. Er wusste aus den Akten, dass das Paar keine Nachkommen ihr Eigen nennen konnte.

Er würde sich am Morgen an die Arbeit machen und dann würde man sehen, wie der Earl das Zeitliche gesegnet hatte.

Inspector Braddock schmiss den Job in Bath hin. Er legte dem Superintendenten eine Krankschreibung auf den Tisch und die Bitte um anschließende Versetzung. Der Supi, wie er hinter vorgehaltener Hand genannt wurde, war wenig begeistert und verdonnerte Sergeant Rosebud dazu, den noch immer nicht

gelösten Fall endlich einem Ende zuzuführen.
Rosebud war ebenfalls nicht begeistert.

Die Suche der Polizei nach dem verschwundenen Earl of Berrisforce hatte, wie Beanstock erwartet hatte, am Nachmittag keinerlei neue Erkenntnisse gebracht.

Der einzige Effekt war, dass nun weitere Gäste das Hotel mit wehenden Fahnen verlassen wollten.

Mrs Fortescue musste sich mit Viscount Foxhole herumärgern. Aufgrund der Vorkommnisse lehnte er ab, zu zahlen.

Er drohte mit seinem Anwalt.

Schließlich sei man in seinem Heilungsprozess unterbrochen und einer furchtbaren Gefahr ausgesetzt worden. Man einigte sich auf die Hälfte des ausstehenden Betrages. Es war mehr als ärgerlich.

Wie es mit dem Hotel weitergehen sollte, war noch nicht vorhersehbar. Die Angelegenheit wurde natürlich von der Presse mit Freude ausgeschlachtet. Es gab bereits mehrere Stornierungen reservierter Zimmer für die kommenden Wochen.

Ein weiteres Problem kam mit Dr. Norton gerade durch die offene Tür des Hotels herein. Er verlangte, sofort Lady Margaret zu sprechen. Er wisse, dass sie aus dem Krankenhaus zurück sei, und hätte wichtige Informationen.

„Sie können My Lady im Moment nicht sprechen. Sie kränkelt noch immer und hat sich zu Bett begeben. Nicht wahr? Sie müssen schon mit mir vorliebnehmen", sagte die Hausdame mit streitsüchtigem Unterton.

Dr. Norton schien beleidigt und zog ein Gesicht wie ein störrisches Kind, dem man das Lieblingsspielzeug weggenommen hatte.

„Was ist mit Lady Anne?", rief er aus.

„Soll das ein Witz sein?", fragte die Hausdame, heiser vom vielen Reden am heutigen Tag. „Sie haben, so viel ich gehört habe, einen Psychiater hierher beordert, um Anne Pomeroy auf ihren Geisteszustand zu untersuchen, nicht wahr? Jetzt meinen Sie, man könne mit der Dame vernünftig reden?"

„Das geschah auf Wunsch ihrer Schwester Margaret. Ich habe nichts damit zu tun gehabt. Der Psychiater sollte heute aus London anreisen. Wo ist er? Ich sollte meine Fachkenntnisse mit ihm teilen."

„Was für ein furchtbarer Arzt sind Sie eigentlich?", fragte Mrs Fortescue.

„Der Allerbeste von Bath!", rief Dr. Norton aus.

„Der Arzt aus London hat den Termin abgesagt. Sie müssen nun einmal mit mir vorliebnehmen. Um was geht es denn, zum Kuckuck!", rief die Hausdame.

Sie war verständlicherweise genervt. So hatte sie sich den Wechsel in das renommierte Kurhotel nach Bath nicht vorgestellt. In Gedanken prüfte sie bereits die Möglichkeit, nach Brams in die Seniorenresidenz *Sunny Palm* zurückzukehren. Es wäre eventuell eine peinliche Situation, aber immer noch besser, als hier langsam den Verstand zu verlieren.

„Ich kündige", sagte der Doktor.

„Wo ist das Problem? Das hätten Sie gleich sagen können! Ich werde My Lady informieren, wenn es ihr besser geht. Einen Arzt benötigen wir im Moment nicht im Haus. Es gibt kaum noch Gäste. Guten Tag!" Mrs Fortescue widmete sich wieder den Rechnungen der abreisenden Gäste.

Dr. Norton war augenscheinlich entsetzt. Das zeigte sich durch eine Ansammlung rötlicher Punkte auf seinem Gesicht. Man hatte seine aufreibende Arbeit in diesem Haus niemals genügend geschätzt. Das hatte ein Mann wie er nicht nötig.

Der Doktor drehte sich auf dem Absatz um und ging in sein Behandlungszimmer, um seine Sachen zu packen. Viel war es nicht. Er hatte hier in der Vergangenheit niemals lange verweilt. Eigentlich nahm er nur das goldfarbene Schild von der Tür, polierte es mit seinem Taschentuch und steckte es in die Tasche seiner Jacke. Damit war seine Präsenz in diesem Hotel beendet.

In Gedanken überlegte er sich, wo er einen guten Tropfen zur Beruhigung einnehmen könnte. *Ich war lange nicht im Raven oder lieber in den Cosy Club mit seiner gediegenen viktorianischen Atmosphäre?*

Es würde dem Doktor nicht schwerfallen, ein anderes Betätigungsfeld zu finden. Es blieb ihm seine eigene Privatpraxis, die er in der letzten Zeit zwar etwas vernachlässigt hatte, aber einen kleinen Patientenstamm hatte er noch.

Er überlegte, seine Vortragsreihe auszubauen. Bei dem Gedanken, das Land zu bereisen und aufmerksamen Zuhörern seine überaus wichtigen Erkenntnisse zu vermitteln, verschwanden die rötlichen Flecken aus seinem Gesicht und das alte überlegene Lächeln kam zurück.

Ich könnte ein Buch über die heilende Wirkung

der Trinkkur schreiben. Man wird sich darum reißen, dachte er bei sich und pfiff auf dem Weg in das Restaurant seiner Wahl ein lustiges Lied.

In der Suite der Baronets beratschlagte man, was eventuell noch getan werden könnte. Beanstock brachte die Vermutungen der anderen auf den Punkt.

„Wir werden sicher schneller als wir denken von dem Vermissten hören. Mein Gefühl sagt mir, dass es leider zu spät ist. Ich habe den Eindruck, etwas übersehen zu haben. Die meisten Gäste haben das Hotel verlassen. Unter ihnen habe ich den Mörder nicht vermutet. Ich möchte noch eine Sache überprüfen, um sicher zu sein."

„Ich werde Sie begleiten, Sir", sagte Gonzales sofort. Er hatte neben Lizzy in der Nähe der Tür auf eventuelle Anweisungen der Baronets gewartet.

„Das ist nicht nötig. Ich möchte kurz in die Bibliothek der Ladys gehen und etwas in einem Buch nachsehen. Danach wollte ich noch einmal mit Mr Brown, dem Gärtner, sprechen."

„Mein guter Beanstock, Sie glauben doch nicht etwa, dass der Gärtner der Mörder gewesen ist?", fragte Sir Percival mit einem verschmitzten Lächeln auf seinen Lippen.

Beanstock lächelte.

Lady Fedora schüttelte den Kopf.

„Es geht dir offensichtlich wieder bestens, Darling, wenn du schon wieder witzig sein kannst."

Der Admiral, der die ganze Zeit stumm auf seinem Stuhl gesessen hatte, erhob sich.

„Ich weiß nicht, wie es Ihnen geht, Percival, ich

brauche jetzt etwas Anderes als Tee. Hier weht langsam eine ziemlich steife Brise durch die Räume. Beim Käpt'n Blackbeard, dem alten Tintenfisch, setzen wir volle Segel, kreuzen wir gegen den harten Wind und genehmigen wir uns einen Rum. Oder vielleicht einen Whisky, den mögt Ihr wohl lieber. Schauen wir nach, ob die Bar noch geöffnet hat. An einem Tag wie heute wird sich niemand aufregen, wenn wir uns selbst bedienen, oder?"

Sir Percival nickte ihm zu.

„Ich werde euch lieber begleiten. Ich möchte nicht, dass ihr in der Weite des Meeres verloren geht", sagte Lady Fedora und erhob sich ebenfalls.

„Lizzy, ich brauche Sie heute nicht mehr. Gehen Sie schlafen", sagte sie zu der Zofe. Lizzy knickste kurz und verließ das Zimmer, um im Personalbereich noch etwas zu trinken. Gonzales schloss sich ihr an.

Beanstock hatte sich auf den Weg in die Hotelhalle zur Rezeption gemacht. Mrs Fortescue war dort noch immer beschäftigt. Die meisten Gäste waren am frühen Abend davongefahren. Außer den Baronets und dem Admiral logierten noch der alte Lord Silverstone, der Herr, den Beanstock und Gonzales in der Unterhose überrascht hatten, sowie sein noch älterer Butler Bensonman im Hotel.

Bei seiner Lordschaft war sich die Hausdame nicht sicher, ob der alte Herr einfach noch hier war, weil er von der ganzen unsäglichen Geschichte nichts mitbekommen hatte oder ob es ihm schlichtweg gleichgültig war. Sein Butler Bensonman war keine zuverlässige Quelle. Es kam sogar vor, dass seine Lordschaft dem Butler beim Anziehen behilflich sein musste, da der alte Herr mit Gischt geplagt war.

Die beiden hatten sich über die lange Zeit ihres Zusammenlebens, immerhin sechzig Jahre, miteinander arrangiert. Sie lebten allein mit einer Köchin, die auch bereits in den Siebzigern angekommen war, auf dem Stammsitz der Silverstones in den stürmischen Highlands.

Das alte Castle der Familie in der Nähe von Dornie fiel fast auseinander. Aber den jährlichen Kuraufenthalt in Bath ließ sich der alte Lord nicht nehmen. Und wenn er dafür wieder einmal eine Antiquität aus dem Castle veräußern musste, tat ihm das nicht weh. Er hatte keinen Erben, den es stören könnte.

Beanstock hatte sich einmal im Personalbereich mit dem Butler seiner Lordschaft lange unterhalten und fand dessen Leben sehr inspirierend. Am Ende hatte ihn Bensonman gefragt, ob er wüsste, wo das Zimmer seiner Lordschaft wäre. Der alte Herr konnte sich einfach nicht daran erinnern. Beanstock hatte ihn sicherheitshalber bis zum Hotelzimmer begleitet.

Er erreichte die Rezeption.

„Sagen Sie nicht, dass die Baronets auch abreisen möchten", flüsterte die Hausdame. Ihre Augen wirkten müde und ihre Stimme war leise.

„Nein, Mrs Fortescue, ich wollte Sie bitten, ob ich einen Blick in ein Buch der Bibliothek werfen dürfte. Es ist wichtig."

„Sicher für Ihr Buch. Natürlich, ich werde Sie persönlich begleiten", sagte sie und lächelte sogar leicht.

Beanstock hatte ein schlechtes Gewissen.

Er hatte von der Dame unter falschen Voraussetzungen Informationen bekommen. Irgendwann sollte er beichten. Es erschien ihm überaus unredlich.

Mrs Fortescue wandte sich an Miss Read, die neben ihr an der Rezeption stand und eigentlich alle Arbeiten hier allein stemmte. Aber in dieser außergewöhnlichen Situation musste die Hausdame Unterstützung geben.

„Ich bin in einer halben Stunde zurück, Miss Read. Kommen Sie einen Moment allein zurecht?"

Miss Read nickte ihr zu.

„Der große Ansturm ist vorbei. Ich mache noch eine Rechnung fertig, dann denke ich, war es das für den Moment."

Mrs Fortescue nickte ihr zu und kam um den Rezeptionstresen herum zu Beanstock.

Die Bibliothek lag verwaist im Mondschein. Es war spät. Beanstock ging an den langen Reihen der Bücher entlang und suchte nach einem ganz bestimmten Buch, das in keiner guten Bibliothek des Landes fehlen durfte.

„Kann ich behilflich sein?", fragte Mrs Fortescue, die neben der Tür stehen geblieben war und den Schalter der Deckenlampe gedrückt hatte. Sie sah auf ihre Uhr. Der Zeiger bewegte sich bereits auf Mitternacht zu. Zu gern würde sie ihr Zimmer aufsuchen und schlafen gehen.

„Ich suche das *Who's Who* und die Wappenkunde Großbritanniens nach Sir Walter Havishem."

Mrs Fortescue ging zu einem der rechten Regale. Bücher in allen Größen und Farben standen bis zur Decke ordentlich aufgestellt.

An der linken Seite stand eine Holzleiter bereit,

die auf Rollen hing und es möglich machte, die oberen Regalreihen zu erreichen.

Die Hausdame wies mit der rechten Hand ganz nach oben.

„Das Buch, das Sie suchen, ist dort rechts in der obersten Reihe. Es ist das mit dem roten Einband. Gleich daneben steht das *Who´s Who*", sagte sie.

Beanstock zog die Leiter hinüber zur rechten Seite und trat auf die erste Stufe. Es wackelte extrem. Die Leiter schien nicht mehr sicher zu sein.

Als er fragend zu der Hausdame sah, lächelte sie still in sich hinein. Diesen Eindruck hatte er und ein unangenehmes Gefühl dazu.

Die Leiter brach nicht in sich zusammen.

Einen kurzen Moment fühlte sich Beanstock unwohl, das verging aber. Er griff nach den Büchern und stieg wieder auf den Boden zurück.

Beanstock nahm das Schmuckstück aus seiner Jacketttasche und legte es auf den Sekretär in der Bibliothek. Dann suchte er zuerst in dem Buch über Wappenkunde.

Das Wappen sah sehr seltsam aus. Irgendwie sah das Tier einer Heuschrecke ähnlich. Daneben waren gekreuzte Heugabeln oder so etwas in der Art zu sehen. Auf der Rückseite standen lateinische Worte.

Das Buch war alphabetisch nach Stichwörtern geordnet. Es fiel ihm nicht schwer, die Seite mit dem passenden Wappen zu finden.

Das war die erste Überraschung.

Es handelte sich um das Motto und das Wappen der Familie Berrisforce. *Zuerst die Macht, danach die Moral* erschien ihm für den Earl sehr passend zu sein und da er schon eine ganze Menge seltsame Dinge über Lady Mildred gehört hatte, passte das Motto auch zu der Dame dieser Familie. Aber dieses Schmuckstück passte nicht zu ihr. Es war, salopp gesagt, zu billig gearbeitet für eine Lady Berrisforce. Da war sich Beanstock sicher.

Im *Who's Who* stand nicht sehr viel Neues. Der Stammsitz lag in Kent und hieß *Raven Woodhouse*. Das hatte er bereits erfahren. Nachkommen waren nicht vermerkt. Anwesen und Titel würden nach dem Tod des Earl an einen weit entfernt lebenden Neffen fallen.

Mrs Fortescue sah ihm über die Schulter.

„Woher haben Sie diese Kette?", fragte sie den Butler.

„Wissen Sie, wem sie gehört?"

Die Hausdame dachte nach.

„Ich kann mich im Moment nicht erinnern, aber irgendwo habe ich sie schon einmal gesehen. Ich dachte damals noch, was für ein hässliches Wappen das ist, und hatte angenommen, es wäre billiger Tand. Irgendein Ding aus einem Kaugummiautomaten. Was hat das zu bedeuten?"

„Wissen Sie vielleicht noch, wann sie die Kette gesehen haben?"

„Das war bereits am zweiten Tag hier im Hotel. Ich hatte gerade meinen Dienst angetreten, mich eingerichtet und die Dienerschaft begutachtet. Ich habe jeden zu einem Einzelgespräch gebeten, um sie auf meine Richtlinien hinzuweisen. ... Da muss ich sie gesehen haben. Oder war das an einem der nächsten Tage? Es ist auf jeden Fall schon länger her."

„Bitte, Mrs Fortescue, Gardenia, denken Sie nach. Es ist sehr wichtig!", rief Beanstock.

Das Telefon klingelte. Es war der Hausanschluss.

Die Hausdame nahm den Hörer ab und meldete sich. Ihr Gesicht verdüsterte sich zusehends. Sie sagte dem Anrufer, dass sie sofort kommen würde.

Sie drehte sich zu Beanstock um.

„Man hat endlich seine Lordschaft gefunden."

Beanstock schloss die Augen. Er hatte es geahnt.

„Stellen Sie sich vor, im Schlafanzug, schwimmend im *Römischen Bad* hier in Bath."

Auf dem Weg zurück in die Hotelhalle dachte Beanstock über die Möglichkeiten nach, die ihm noch geblieben waren, um den Mörder zu fassen.

Vielleicht fiel es der Hausdame letztendlich noch ein, wo sie die Kette gesehen hatte, aber das konnte ewig dauern. Bis dahin könnte der Mörder oder die Mörderin auf und davon sein.

Im Moment hatte sie sich um den nächsten Todesfall eines Gastes zu kümmern.

Sie wollte *Raven Woodhouse* kontaktieren und dann den Chauffeur informieren, dass er morgen die Sachen seines Herrn packen könne.

Es blieben nicht viele Optionen.

Seltsam erschien dem Butler, dass die zweite Leiche wieder im Wasser deponiert worden war. Das musste irgendetwas bedeuten. Des Weiteren war er der Überzeugung, dass die Mordserie damit beendet sein würde. Es ging hier um die Familie Berrisforce. Irgendjemand hatte einen Groll gegen sie und das war in blanken Hass umgeschlagen.

Eine Idee hatte er noch, verrückt vielleicht, aber es könnte funktionieren.

Einen kurzen Moment dachte er daran, Gonzales zu informieren. Aber er wollte den Mörder oder die Mörderin in Sicherheit wiegen. Wenn er mit Gonzales auftauchen würde, würde das zu viel Aufmerksamkeit erregen.

Er hatte einen Plan. Er war gefährlich, aber es musste sein.

Wie man einen Mörder angelt

Am nächsten Tag hatte sich die Botschaft, wo man den Earl tot aufgefunden hatte, in Windeseile unter dem Personal verbreitet.

Gegen Mittag, nachdem sich die Baronets in ihrer Suite zur Ruhe begeben hatten, gedachte Beanstock, seinen Plan in die Tat umzusetzen.

Beanstock wollte in der Küche und im angrenzenden Essraum des Personals beginnen. Eigentlich war es ein sehr einfacher Plan und er war sich vollkommen im Klaren, dass er keinen Erfolg damit haben könnte. Aber ihm gingen die Optionen langsam aus.

Er nahm einen Becher aus dem Geschirrschrank und schenkte sich aus einer Kanne Tee ein. Inzwischen kannte er sich in der Hotelküche gut aus. Seine Aktion wurde von dem Koch, Mr Pinker, aufmerksam beäugt. Er rührte mit einem Schneebesen in einem Topf und machte ein Gesicht, als hätte ihm jemand sein bestes Tranchiermesser gestohlen.

Die Kette, die Lady Anne Beanstock gegeben hatte, hing an einem Knopf seines Jacketts. Gut sichtbar für jeden, den er treffen würde.

Er ging mit seinem Becher in den angrenzenden Essraum. Im Moment hielten sich dort die beiden Zimmermädchen, der Page Gregor und zwei Kellner auf. Es wurde lautstark diskutiert. Alle verstummten, als sie Beanstock sahen.

Der Butler setzte sich.

„An Ihrem Jackett hängt eine Kette. Trägt man das jetzt so in Ihren Kreisen?", fragte Gregor und wies mit dem Zeigefinger der rechten Hand auf das Schmuckstück. Sara und Louise kicherten belustigt und der Page sonnte sich in der Aufmerksamkeit der Damen.

„Ich habe die Kette gefunden", antwortete Beanstock und sah interessiert in die Runde. Wer würde sich verraten? Gab sich jemand die Blöße und meldete Besitzansprüche an? *So einfach wird das nicht sein*, dachte Beanstock.

Er erhob sich, nickte den dreien zu und verließ den Küchenbereich.

Dolores kam ihm aus dem Waschraum entgegen, der sich gleich neben der Küche befand.

Sie sah den Butler mit großen Augen fragend an.

Einer ihrer Blicke fiel auf die Kette und verweilte dort einen Moment. Beanstock hatte es bemerkt.

Aber sie sagte kein Wort, drückte sich an ihm vorbei und lief in Richtung Küche davon. Hatte er da in ihren Augen ein Erkennen bemerkt?

In der Hotelhalle ging er zur Rezeption und fragte nach Mrs Fortescue.

Die junge Dame hinter dem Tresen lächelte ihn an und warf dann einen kurzen Blick auf die Kette.

Beanstock konnte kein Erkennen ihrerseits ausmachen.

„Ich bin hier", sagte die Hausdame und kam durch die offene Tür aus dem Büro, das sich hinter der Rezeption befand. „Was kann ich für Sie tun?"

„Wenn man nach mir fragen sollte, ich bin kurz im Park unterwegs."

Mrs Fortescue sah dem Butler beunruhigt nach. Vielleicht war sie sich nicht sicher, was dieser Mann nun schon wieder vorhatte. Beanstock verließ das Hotel, ohne ihr einen Hinweis zu geben.

Das Gartenhaus war ein hübscher kleiner Bau im Regencystil mit angedeuteten Säulen und einem schönen umlaufenden Blumenfries. Früher hatte er wohl einmal eine andere Funktion innegehabt. Vielleicht hatten die Pomeroys hier Picknicks oder andere Vergnügungen veranstaltet. In den Büchern von Jane Austen wimmelte es nur so vor Einladungen zu Picknicks oder sommerlichen Ausflügen. Dort fand Beanstock die Gärtner nicht.

Er ging um das Hotel herum zur Rückseite.

In der Nähe der hinteren Terrasse sah Beanstock die beiden Gärtner arbeiten. Neben ihnen stand der große vierrädrige Karren. Er war mit Pflanzen vollgepackt.

Die Gärtner waren mit der Neubepflanzung einer Rabatte beschäftigt.

Er schlenderte zu ihnen und sah den beiden eine Zeitlang zu. Mr Brown erklärte Jordan, wie man die verschiedenen Pflanzen in ein harmonisches Ganzes verwandelt. Der junge Mann mit den tiefschwarzen Locken richtete sich auf und strich mit seiner Hand über die schweißnasse Stirn.

„Mr Beanstock, können wir etwas für Sie tun? Sie haben sicher gehört, dass man den armen Earl endlich gefunden hat." Jordan schüttelte traurig den Kopf.

„Wie furchtbar das alles ist. Sicher werden Sie nun mit Ihren Herrschaften auch endlich abreisen wollen. Wie es hier weitergehen wird, steht wohl in den Sternen." Er widmete sich wieder einer besonders hübschen Azalee und versenkte sie in einem Pflanzloch.

Mr Brown rückte mit der rechten Hand seinen Gärtnerhut zurecht und arbeitete dann sofort weiter.

Beanstock hatte sein Möglichstes getan und alle Mitglieder des Personals hatten nun die Kette gesehen, die der letzte Hinweis auf den Mörder oder die Mörderin sein könnte. Beanstock war sich vollkommen sicher, dass irgendjemand heute noch versuchen würde, ihm die Kette abzunehmen.

„Die Baronets werden sich bald auf den Heimweg begeben. Ich habe ein wenig Freizeit und werde mich heute Abend mit einem guten Buch in mein Zimmer zurückziehen. Das ist für mich die beste Erholung. Guten Tag, die Herren."

Er machte sich auf den Weg zurück in das Hotel. Als er sich noch einmal umsah, bemerkte er den aufmerksamen Blick des Gärtners Mr Brown. Er hatte sich auf seine Harke gestützt und schien intensiv über etwas nachzusinnen. Er sah den Blick des Butlers und widmete sich wieder seinem Beet.

Beanstock hatte den Köder ausgelegt. Nun musste noch jemand anbeißen. Es musste ein Mitglied des Personals gewesen sein. Darüber war sich Beanstock vollkommen im Klaren.

Gegenüber der *Detektiv-Society* hatte er seinen Verdacht noch nicht offengelegt. Er wollte vermeiden, dass seine Herrschaften jedes Mal nervös wurden, wenn sie einem Dienstboten begegneten. Sir Percival und seine Gattin waren der Meinung, dass der Mörder von außerhalb des Hotels kommen musste. Das war ihrem tiefen Vertrauen geschuldet, das sie in ihre eigenen Angestellten setzten.

Nach intensiven Recherchen hatte die *Detektiv-Society* die Gäste des Hotels vom Verdacht ausgeschlossen. Niemand hatte irgendeine Verbindung zur Berrisforce-Familie.

Etliche Telefonate mit Freunden und Bekannten waren von Seiten Lady Fedoras nötig gewesen, um Klarheit zu bekommen.

Dr. Norton wurde von ihm ebenfalls ausgeschlossen. Beanstock traute dem Arzt so einen ausgeklügelten Plan nicht zu. Der Doktor war ein zutiefst egoistischer Mensch und vor allem auf seinen Vorteil bedacht. Es waren im Vorfeld der Morde einige Dinge zu bedenken gewesen, die kühlen Verstand und gute Planung erfordert hatten.

Erstens die Tatwaffe. Im ersten Fall Arsen, im anderen Fall ein derber Schlag auf den Kopf und Ertrinken. Die genaue Todesursache des Earls hatte sich bereits im gesamten Hotel herumgesprochen. Wahrscheinlich hatte einer der Constables den Mund nicht halten können.

Zweitens, wo sollte der Mord geschehen und wie beseitigte man danach die Leiche ohne Aufsehen? Beanstock nahm an, dass Lady Mildred in Annes

Reich umgebracht worden war. Ihr Gatte wurde auf jeden Fall ebenfalls dorthin gelockt und mittels eines Gegenstandes bewusstlos geschlagen.

Wie der Mörder die beiden angelockt hatte, hatte Beanstock ebenfalls durchdacht. Die durchtrennten Klingeldrähte in den Zimmern waren ein starkes Indiz.

Er vermutete, dass Lady Mildred und ihr Gatte dazu gebracht werden sollten, in die obere Etage hinaufzusteigen.

Vielleicht ganz einfach über die Haustelefonanlage. Es war im Haus möglich, von jedem Zimmer ein anderes zu erreichen, indem man die Zimmernummer wählte. Beanstock hatte sich davon überzeugt. Der Mörder hätte die Opfer angerufen, ließ es einfach klingeln, und dann? Wieso waren die beiden anschließend freiwillig bis ganz nach oben gegangen? Vielleicht hatten sie vorgehabt, ihre jeweiligen Diener zu wecken.

Der Tisch mit dem antiken Telefon in Annes Reich kam ihm in den Sinn. Neben dem Apparat standen etliche Spieluhren. Wenn man den Hörer an eine der Spieluhren hielt, wäre das sehr gut zu hören gewesen. So hatte er die Opfer angelockt. Es musste so gewesen sein.

Die große und wichtigste unbeantwortete Frage war, wie hatte der Mörder die Toten fortschaffen können, ohne dass es jemand bemerkt hatte?

Beanstock hatte eine Theorie. Aber in diesem Fall war er sich ebenfalls noch nicht sicher.

Es könnte natürlich auch vollkommen anders gewesen sein. Der Täter könnte von außerhalb des

Hotels gekommen sein. Aufgrund des Fundes im Reich der Lady Anne und ihrer Aussage, dass jemand heimlich dort gewesen war, sowie dem Fund der Arsendose, schloss Beanstock das mittlerweile doch aus. Nur ein ständiger Bewohner des Hotels hätte von der geheimen Wohnung wissen können. Lady Anne war irgendwann beobachtet worden, wie sie die Rosette drehte und danach verschwand.

In die dritte Etage verliefen sich die Kurgäste nicht. Deshalb gab es ja die Klingeln in den Zimmern. Da blieb am Ende, nachdem man das Unmögliche ausgeschlossen hatte, das Personal des Hauses übrig. Einige Gäste waren mit Dienern oder Zofen angereist. Die meisten kamen aber allein in das Kurhotel. Beanstock blieb bei seinem Verdacht. Der Mörder war ein Angestellter des Kurhotels.

Unbeantwortet blieb ebenfalls: Warum hatte der Täter die beiden umgebracht? Rache? Beanstocks erste Wahl. Lady Mildred und der Earl of Berrisforce waren in der Vergangenheit oftmals durch ein hartes Regiment auf ihrem Stammsitz in Kent aufgefallen.

Leider konnte Mr Black von der Dienstbotenverbindung *Daisy Chain* nichts Aufschlussreiches dazu beitragen. Keiner der Namen, die er dem Butler genannt hatte, tauchte hier im Hotel auf. Aber Beanstocks kriminalistisches Gespür lag selten falsch.

Beanstock kam zunächst seinen Pflichten nach. Die durfte er nicht vernachlässigen.

Am Abend nach dem Dinner half er Sir Percival beim Auskleiden, stellte eine frische Karaffe Wasser auf den Tisch und bereitete das Bett für die Nacht vor. Lizzy ordnete die Kleider Lady Fedoras, verwahrte den Schmuck in einer Schatulle und übergab sie dem Butler. Der kostbare Schmuck My Ladys unterlag auf Reisen seit jeher der Obhut des Butlers.

Lady Fedora und ihr Gatte begaben sich zur Ruhe.

Lizzy und Beanstock wünschten den Herrschaften eine gute Nacht, verabschiedeten sich und verließen die Suite der Baronets.

Gonzales war noch im Küchenbereich des Hotels gewesen und hatte sich angeregt mit Dolores unterhalten. Gegen dreiundzwanzig Uhr klopfte er bei Beanstock an der Tür und fragte, ob alles in Ordnung sei. Beanstock bejahte und wünschte dem Chauffeur eine gute Nacht.

Der Butler hörte auf dem Flur mehrere Türen, die geschlossen wurden. Dann knirschten Schlüssel in den Schlössern der Türen. Seit einigen Tagen verriegelten die Angestellten nachts ihre Zimmer sorgfältig.

Eine Weile vernahm er noch im Nebenzimmer Poltergeräusche, als Gonzales sich für die Nacht vorbereitete. Dann wurde es still.

Beanstock zog sein Jackett aus, hängte es sorgfältig auf einem Bügel an die Garderobe und setzte sich mit Blick zur Tür auf den einzigen Stuhl im Raum.

Er griff nach Agatha Christies *Crooked House* und schlug das Buch auf Seite dreißig auf.

Beanstock war sehr gespannt, ob er zum Lesen kommen würde. Im Flur vor seinem Zimmer blieb es still.

Er las die ersten Zeilen.

Dann sah er zur Decke und lächelte. Scheinbar war dort oben mehr los als hier unten. Über seinem

Kopf war der Dachboden. Das Getrappel kleiner Mäusefüße kam ihm zu Ohren. Er bekam den Eindruck, dass über ihm ein Kegelclub für die nächste Meisterschaft trainierte.

Beanstock musste sofort an den Kater Mortecai denken. Auf Parsley Manor würde er natürlich Nagerbefall niemals dulden. Vor einiger Zeit hatte es Probleme mit Mäusen im Haus gegeben. Mrs Argyle hatte den Vorschlag gemacht, Mortecai kurz auf dem Dachboden einzuquartieren. Dann würde das Mäusevolk eventuell sofort seine Koffer packen. Beanstock hatte das rigoros abgelehnt.

Wenn Mortecai einmal im Haus geduldet werden würde, wäre die Speisekammer für den Kater interessanter als der Speicher. Außerdem gehörte der Kater dem Gärtner.

Mortecai würde das anders sehen. Der Gärtner Herringbone gehörte ihm und Parsley Manor war in seinem Zuständigkeitsbereich. Ab und zu gelang es ihm, ins Haus zu schlüpfen. Allerdings kam er selten an dem Butler vorbei. Das war ärgerlich für den Kater. Es sah fast so aus, als würden Kater und Butler einem Spiel nachgehen: Wer ist der Chef im Haus? Junior, der Beagle Sir Percivals, stellte keine Gefahr dar. Dieser sogenannte Wachhund war viel zu langsam für ihn. Irgendwann würde Mortecai das Herrenhaus erobern. Der Kater war sich ganz sicher.

Beanstock lächelte bei dem Gedanken an den Stubentiger.

Er vernahm ein Geräusch.

Kurz vor Beanstocks Zimmertür gab es eine lose Diele. Sie knarrte, wenn jemand an seiner Tür vorbeikam.

Aber die Schritte entfernten sich und weit hinten auf dem Flur wurde eine Tür geöffnet und wieder geschlossen. Wahrscheinlich hatte jemand aus dem Haus ein spätes Stelldichein gehabt.

Beanstock wollte es sich nicht eingestehen, aber er war nervös und er musste eine Menge Geduld aufbringen. Ein Blick auf seine Taschenuhr sagte ihm, dass es weit nach Mitternacht war. Er stand auf, streckte sich und ging im Zimmer auf und ab. Dann öffnete er das Fenster. Die frische Luft sollte ihn wachhalten.

Als er sich wieder setzte und nach dem Buch griff, bemerkte er, dass die Tür leise geöffnet wurde. Die Diele vor seiner Zimmertür hatte nicht geknarrt. Jemand kannte sich hier scheinbar mit knarrenden Dielen gut aus und vermied es, sie zu betreten.

In der offenen Tür stand eine Gestalt im Halbdunkel.

„Ich kann Ihnen leider keinen Platz anbieten. Was kann ich für Sie tun?", fragte Beanstock und blieb auf dem Stuhl sitzen.

„Sie haben etwas, das mir gehört", sagte der Mann, der nun einen Schritt ins Zimmer machte und die Tür hinter sich leise schloss. Beanstock erkannte den nächtlichen Besucher.

„Sind Sie sicher, Jordan? Gehörte es nicht eher Lady Mildred?", fragte Beanstock und stand auf.

Der Gärtnergehilfe lachte.

„Nein, Ihre Spürnase liegt da falsch. Diese Kette habe ich von meiner Mutter bekommen, als ich achtzehn war. Wir lebten damals in Irland. Erst an diesem

Tag brachte meine Mutter den Mut auf, mir die ganze unsägliche Geschichte zu erzählen. Sie muss sehr unter der Vergangenheit gelitten haben. Darum war sie ständig krank. Ich musste schneller erwachsen werden als andere Kinder."

„Ihre Eltern kamen aus Indien, oder?"

Jordan nickte.

„Warum haben Sie nach der langen Zeit plötzlich auf Rache gesonnen? Warum nicht früher?"

„Ich war zuerst sehr wütend, als meine Mutter mir erzählte, dass ihr Ehemann, den ich für meinen Vater hielt, sich das Leben genommen hatte. Er war in einem See auf dem Anwesen der Berrisforce ertrunken, konnte die Schande nicht ertragen. Aber, wie Sie schon sagen, es war lange Zeit vergangen.

Nach dem Tod meiner Mutter ging ich zurück nach England und nahm den Posten eines Gärtnergehilfen an. Ich war eine Zeit lang glücklich, wirklich sehr zufrieden. Mr Brown war wie ein Vater für mich. Doch irgendwann holt dich die Vergangenheit ein. Sie lauert Jahr um Jahr im Schatten und wartet. Aber man kann sie nicht löschen. Am Ende kannst du ihr nur den Tribut zahlen, den sie verlangt, und etwas unternehmen."

„Was war der Auslöser?", fragte Beanstock.

„Der Hass kam mit Lady Mildred. Sie stieg eines Tages aus ihrem schicken Wagen und stolzierte wie ein Pfau auf Brautschau herum.

Ich hätte es vielleicht sogar darauf ankommen lassen, aber sie hatte meine Kette erkannt. Sie sprach mich darauf an, in ihrer eigenen hochnäsigen Art.

Als ich ihr von meiner Mutter erzählte, wurde es

hässlich. Sie wusste, dass der Earl of Berrisforce mein leiblicher Vater war. Lady Mildred hatte meine Mutter damals vom Anwesen gejagt, ohne den ausstehenden Lohn und mit einem winzigen Koffer, in dem ein paar Habseligkeiten verpackt waren. Noch dazu war meine Mutter schwanger mit mir. Ihr Ehemann konnte diese Schande scheinbar nicht verkraften. Er war Koch auf dem Anwesen. Der Earl wollte nicht auf indisches Essen verzichten und hatte die beiden vor langer Zeit aus Indien mit nach Kent gebracht.

So lange ich meine Mutter kannte, trug sie diese Kette wie eine Mahnung an eine furchtbare Zeit. Von wem Sie das Ding bekommen hat, hat sie niemals erzählt."

„Hat Sir Frederick nicht helfen wollen? Wahrscheinlich gab er Ihrer Mutter die Kette, als noch alles in Ordnung gewesen war. Als sie dann schwanger wurde, hat er sie fallen lassen."

Jordan lachte.

„Wie eine heiße Kartoffel hat er sie fallen lassen! Dieser Mann war ein arrogantes, selbstgefälliges Modepüppchen. Meine Mutter hat von ihm nie etwas preisgegeben, aber ich weiß, dass sie sich nicht freiwillig auf diesen Schmarotzer eingelassen hatte. Wenn Sie verstehen, was ich meine."

„Ich verstehe Ihre Beweggründe, Mr Kumar. Aber Mord war noch nie die Lösung. Ein Mörder verliert dabei immer ein Stück seiner eigenen Seele. Bis nichts mehr davon übrig ist."

Jordan stutzte kurz.

„Woher kennen Sie meinen richtigen Namen? Hier

im Hotel bin ich als Jordan Green gemeldet."

„Die Geschichte Ihrer Mutter wurde von ehemaligen Dienern des Hauses Berrisforce weitergegeben. Kennen Sie die *Daisy-Chain-Verbindung*?"

Jordan verneinte.

„In den Akten dieser Verbindung wurden Berichte über die Zustände in Kent schriftlich niedergelegt. Ein entlassener Dienstbote des Anwesens sprach über den Suizid des indischen Kochs und dass seine Gattin über Nacht verschwand. Der Name Kumar tauchte auf. Ich konnte zu diesem Zeitpunkt leider die Verbindung mit Ihnen noch nicht erkennen, da Sie ja in den Personalakten des Hotels unter dem Namen Green geführt werden.

Die Befragung des Chauffeurs des Earl of Berrisforce hätte eventuell Klarheit bringen können. Er berichtete leider allgemein von den Zuständen im Anwesen in Kent. Ihre Mutter hatte er nicht kennengelernt", sagte Beanstock mit traurigem Blick. „Nicht immer helfen mir die kleinen grauen Zellen.

Ich verstehe natürlich, dass Sie die Kette zurückhaben wollen. Aber Sie haben gemordet und die Kette ist ein Beweisstück. Ich kann sie Ihnen nicht aushändigen. Was werden Sie mit dem Mitwisser machen? Sie werden mich auch umbringen müssen."

Jordan machte einen Schritt ins Zimmer. Er kam dem Butler näher.

In seiner Hand blitzte ein Messer auf. Er machte einen weiteren Schritt auf den Butler zu. Beanstock sprach weiter.

„Auf dem Anhänger der Kette steht das Motto *zuerst die Macht, dann die Moral*. Sehr passend für die Berrisforce-Familie, oder? Noch eine Frage, Jordan, wie haben Sie die Leichen quer durch Bath bis zu ihrem nassen Grab gebracht? Haben Sie den großen Gartenwagen genutzt, den ich bei Ihnen sah?"

Jordan lächelte.

„Sie haben wirklich eine ganze Menge herausbekommen. Mein Respekt! Ja, das war keine leichte Angelegenheit. Ich hatte ihr das Gift verabreicht. Schnell ist es nicht gegangen, aber es tat mir nicht leid. Die gute Mildred passte zum Glück gut in den Speisenaufzug im Haus. So habe ich sie nach unten bekommen. Ich musste den Zeitpunkt genau planen. Lady Anne mit ihrer Sammelleidenschaft hätte mich fast überrascht.

Der Rest war einfach. Niemand interessiert sich für einen Mann und einen Wagen, der nachts durch Bath rattert. Der Earl war da schon eine andere Angelegenheit. Ich habe ihn niedergeschlagen. Durch den Speisenaufzug brachte ich ihn nach unten.

Das war sehr aufregend für mich. Er hätte aufwachen können. Aber das Leben ist voller Risiken. Sehen Sie sich selbst. Ich kann Sie wohl kaum mit der Kette gehen lassen. Das wissen Sie bereits. Jedenfalls habe ich den Earl zum *Römischen Bad* gebracht, habe eine Hintertür mit einem Dietrich geöffnet und den guten Mann schwimmen lassen. Ich kenne mich gut aus. Habe dort kurzzeitig gearbeitet. Ich fand es mehr als passend, die beiden in ein nasses Grab zu befördern. Der Mann, der mein Vater hätte sein sollen, ertrank auch."

„Ich bin neugierig. Wie haben Sie die beiden Opfer dazu gebracht, ihre Zimmer zu verlassen und nach oben zu gehen? Hatte der durchtrennte Klingeldraht dabei eine Funktion?"

„Was Sie nicht alles herausgefunden haben! Die Klingel habe ich einfach tagsüber, als niemand auf den Zimmern war, durchgeschnitten. Es war ein Risiko. Es hätte vorher entdeckt werden können. Aber ich hatte Glück. Die geheime Wohnung habe ich eines Nachts entdeckt, als Lady Anne etwas hineintrug. Das kam mir sehr entgegen. Als die Wohnung vor langer Zeit noch bewohnt worden war, gab es hier ebenfalls ein Haustelefon. Diesen Apparat hatte man vergessen. Ich wählte die Zimmernummer und hielt eine Spieldose an die Muschel. Wie ich es erwartet hatte, stürmten die Lady und später der Earl aus ihren Zimmern und suchten nach dem Störenfried. Ich musste die Spieluhr nur noch an die Treppe stellen und warten. Je näher die beiden kamen, je weiter lockte ich sie durch die Tür in die Wohnung hinter dem Schrank."

Beanstock hatte dem jungen Mann aufmerksam zugehört. Er sagte plötzlich etwas, was Jordan nicht verstand. Es schien nicht zu dem Gespräch zu passen, das die beiden Herren führten.

„Wo ist Mortecai, wenn man ihn braucht?"

„Was? Wer ist Mortecai?", fragte Jordan.

Die Tür zum Zimmer wurde aufgerissen. Gonzales schnappte sich Jordan und entwand ihm das Messer. Hinter dem Chauffeur betrat ein weiterer Herr das Zimmer, gefolgt von einem Constable.

„Gut gemacht, Mr Beanstock!", sagte der Herr in Zivil. Er nahm einen Ausweis aus seiner Jackentasche und hielt ihn Jordan Kumar vor das Gesicht.

„Ich bin Detektiv Sergeant Rosebud und nehme Sie wegen Mordes an Lady Mildred und dem Earl of Berrisforce fest. Constable, lesen Sie ihm seine Rechte vor und dann ab mit ihm."

Beanstock übergab dem Sergeant die Kette.

Jordan wurden Handschellen angelegt.

Der Aufruhr hatte die Leute auf dieser Etage natürlich geweckt. Schnell war der Flur voller Menschen in Nachthemd und Pyjama. Man diskutierte und lamentierte. Das ging so lange, bis der Sergeant um Ruhe bat.

Einzig der Page Nummer eins, Gregor, erschien nicht. Er verschlief die Aufregung und würde am nächsten Morgen seinen tiefen Schlaf verfluchen.

Einen kurzen Moment trafen sich die Blicke Jordans und des Gärtners, der in einem langen Nachthemd auf dem Flur stand. Jordan konnte ihn nicht ansehen und senkte den Kopf, als der Constable ihn durch den Flur nach unten brachte.

Mr Brown liefen heiße Tränen über das faltige Gesicht. Er hatte die Kette, die Beanstock mit sich herumgetragen hatte, sofort erkannt. Aber niemals hätte er vermutet, dass sein Schützling Jordan etwas mit den Morden zu tun haben könnte. Vielleicht wurde es für ihn Zeit, dem Hotel den Rücken zu kehren und seine Pension zu genießen.

Sergeant Rosebud wandte sich zu Beanstock um.

„Das war eine richtig gute Idee, Sir, uns vorher zu informieren. Inspector Braddock hätte Ihnen mehr vertrauen sollen. Als mir der Fall zugeteilt worden war, erzählte er mir von Ihnen und dass Sie sich ständig einmischten. Er hatte Sie sogar im Verdacht, selbst der Mörder gewesen zu sein. Letztendlich hatte er jeden in Verdacht, ob Butler, Gärtner oder Koch. Ja, sogar Mrs Fortescue stand auf seiner Liste. Unser Supi hat endlich erkannt, dass der Inspector nicht in die Mordkommission passt. Er wird ihn versetzen. Auf einen ruhigen Posten, irgendwo auf dem Land, wo er keinen Schaden anrichten kann."

„Gerade in den kleinen Dörfern mit ihren hübschen Cottages und ihren sorgfältig gestrichenen Gartenzäunen kann das Böse lauern. Hinter der Fassade der Redlichkeit verbergen sich oft Hass, Gier und Verrat. Die wenigsten von uns sind, was sie scheinen", sagte Beanstock.

„Sie kennen sich also mit dem kriminellen Potenzial in einem gemütlichen Dorf aus. In unserer Mordgeschichte traf es einmal mehr die sogenannte bessere Gesellschaft. Blaues Blut ist nicht immer ein Zeichen von Integrität oder Menschlichkeit. Wann reisen Sie und Ihre Herrschaften ab?", fragte der Sergeant.

„Morgen, Sir", sagte Beanstock und sehnte sich danach, sein Bett ausgiebig nutzen zu können.

„Ich möchte Sie bitten, heute noch Ihre Aussage zu machen. Danach können Sie Bath verlassen. Ihre Adresse und Telefonnummer habe ich bereits. Gute Nacht, oder eher, guten Morgen."

In der offenen Tür erschienen die Baronets und der Admiral.

„Geht es Ihnen auch wirklich gut, Beanstock?", wollte Lady Fedora wissen.

„Danke, jetzt ist alles in Ordnung. Gonzales war, wie schon so oft, zur Stelle. Es hat alles so geklappt, wie wir es gestern Abend besprochen hatten. Es war doch gut, dass ich Ihnen letztendlich meinen Plan offengelegt hatte", sagte Beanstock.

„Potzblitz und Makrelenschwarm, was für eine Geschichte. Sie haben eine Spürnase vom Feinsten. Dieser Leichtmatrose Jordan wäre mir niemals in den Sinn gekommen!", rief der Admiral.

Abreise

Auf die Bitte des Admirals hin würden die Baronets noch einen weiteren Tag in Bath verbringen.

Beanstock hatte es sich nicht eingestehen wollen, aber er war von den Ereignissen ermüdet. Lady Fedora bestand darauf, dass er sich ausruhte. Die Aufgaben des Butlers konnten am nächsten Tag ausnahmsweise von Lizzy übernommen werden.

Am Morgen nach dieser ereignisreichen Nacht herrschte eine seltsame Atmosphäre im Hotel *Viscount Horatio Nelson*. Fast alle Gäste waren abgereist. Der alte Lord Randolf Silverstone und sein Butler Bensonman hatten scheinbar nichts von der Aufregung mitbekommen.

Seine Lordschaft saß wie immer am Morgen um sieben Uhr an seinem angestammten Tisch und erwartete sein Frühstück. Als sich nach einer halben Stunde noch immer kein Kellner blicken lassen hatte, schickte er seinen Butler Bensonman in die Küche, um nachzusehen, warum sich niemand um die Gäste kümmerte. Das dauerte, da sich der gute Bensonman im Schneckentempo fortbewegte.

In der Küche war keine Seele aufzutreiben. Also nahm der Butler seiner Lordschaft die Zubereitung des Frühstücks selbst in die Hand. Sein Porridge geriet etwas zu dick und als er mit dem Teller endlich bei seiner Lordschaft ankam, waren die Haferflocken kalt und man hätte sie als Mörtel für den Bau benutzen können.

Seine Lordschaft nahm´s gelassen.

Auch die Tatsache, dass sein Butler sich nach Atem ringend zu ihm setzte und mit einem Taschentuch den Schweiß von seiner Stirn wischen musste, war Lord Silverstone nicht neu. Die beiden lebten so lange Zeit zusammen im Silverstone-Herrenhaus. Sie waren aneinander gewöhnt.

Beanstock erwachte nach einer kurzen Nachtruhe. Er konnte nicht aus seiner Haut.

Er stand um sieben Uhr dreißig auf, das war eine halbe Stunde später als gewöhnlich, und begab sich nach seiner Morgentoilette in den Küchenbereich des Hotels. Kurz danach erschienen Gonzales und Lizzy, was Beanstock mit zufriedenem Lächeln honorierte. Die drei bereiteten das Frühstück vor. Sie bewegten sich in der Küche wie ein eingespieltes Team. Beanstock und Gonzales hatten schon zu anderen Gelegenheiten das Kommando in der Küche eines Hauses übernommen.

Lizzy brachte die erste Tasse Tee, wie zu Hause auf Parsley Manor üblich, Lady Fedora ans Bett. Danach half sie ihr beim Ankleiden. Sir Percival war bereits fertig angekleidet auf dem Weg in den Frühstücksraum. Er begrüßte Lord Silverstone und setzte sich an den Nebentisch. Beanstock hatte diesen inzwischen eingedeckt und brachte nun Marmelade, Toast und Tee an den Tisch.

„Bitte nehmen Sie meine Entschuldigung an, Sir. Ich habe Ihnen heute Morgen nicht beim Ankleiden geholfen. Das wird nicht wieder vorkommen", sagte der Butler.

„Sind Sie wohlauf, Beanstock? Konnten Sie sich erholen?", fragte Sir Percival.

„Vielen Dank für Ihre Anteilnahme. Es geht mir sehr gut."

Beanstock ging zurück in die Küche. Mr Pinker, der Koch, war nun doch noch aufgetaucht und hatte die große schmiedeeiserne Pfanne auf den Herd gestellt. Ein Ei nach dem anderen wanderte in die heiße Pfanne und nach kurzer Zeit durchströmte ein angenehmer Duft den Raum.

Als Beanstock mit einem Teller gebratener Eier in den Frühstücksraum zurückkam, die Kellner des Hotels hatten sich noch immer nicht gezeigt, saßen Lady Fedora und Admiral McKenzie neben Sir Percival und ließen sich den Tee schmecken.

Danach nahm der Butler sein Frühstück im Essraum der Angestellten ein.

Gonzales saß vor einer Tasse wunderbar duftendem Kaffee und Lizzy biss herzhaft in eine Scheibe Toast.

„Gonzales, wir bringen die Herrschaften nach dem Frühstück zum botanischen Garten. Sie haben die Absicht, einen ausgedehnten Spaziergang durch Bath zu unternehmen. Anschließend werden sie mit dem Admiral in der Stadt den Lunch einnehmen. Wenn wir die Baronets und den Admiral abgesetzt haben, bringen Sie mich zur Polizeistation. Ich werde dort meine Aussage machen. Zurück im Hotel bleibt uns genügend Zeit, die Abreise für den morgigen Tag vorzubereiten. Lizzy, wenn Sie fertig gefrühstückt haben, sollten Sie sich bereits um das Gepäck My Ladys kümmern. Die Baronets wollen morgen zeitig aufbrechen." Lizzy nickte.

„Gonzales, nach dem Lunch gedenken die Herrschaften, einen Spaziergang am *Avon* zu machen und eines der *Narrowboats* zu mieten. Den Tee nehmen sie dann gegen sechzehn Uhr im *Sally Lunn's Eating House* ein. Ich gedenke, Plätze vorzubestellen. Sie holen die Baronets und den Admiral von dort gegen siebzehn Uhr ab. Ich werde Mrs Fortescue fragen, ob für das Dinner Probleme wie beim heutigen Frühstück zu erwarten sein könnten."

„Gardenia, Señor Beanstock", sagte schmunzelnd Gonzales.

Beanstock schüttelte den Kopf über den Humor des Chauffeurs.

„Wenn ich es nicht besser wüsste, Mr Beanstock, könnte man meinen, den morgendlichen Anweisungen auf Parsley Manor beizuwohnen", sagte Lizzy amüsiert.

„Regel Nummer neun, Lizzy, eine ausgewogene Routine ..."

Der Butler wurde von Lizzy und Gonzales unterbrochen. „Ist der perfekten Erledigung der täglichen Aufgaben dienlich", sagten sie im Chor.

„Ich freue mich, dass meine Vorschläge auf fruchtbaren Boden gefallen sind", sagte Beanstock.

Es war ein wunderbar sonniger Tag und er verlief nach den Vorstellungen der Baronets. Die Bootsfahrt war ein voller Erfolg, zumal sich der Admiral endlich wieder in seinem Element angekommen fand und das tollste Seemannsgarn über seine Jahre auf den Weltmeeren spann.

Nach dem Dinner am Abend, das glücklicherweise ohne große Probleme ablief, zogen sich die Baronets mit Ihrem neuen Freund, dem Admiral, in den Salon auf einen Schlummertrunk zurück.

Mr Pinker hatte sein Bestes gegeben, um den wenigen Gästen ein angemessenes Dinner zu servieren. Dolores war ihm keine große Hilfe gewesen. Sie konnte noch immer nicht fassen, dass der Gärtnergehilfe Jordan ein Mörder gewesen sein sollte. Sie war vollkommen in Tränen aufgelöst und jede noch so kleine Aufgabe konnte von ihr nicht bewältigt werden. So hatte Mr Pinker die junge Frau aus der Küche verbannt. Salzige Tränen passten nicht zu dem süßen *Eton Mess,* einer Nachtischspezialität des Hotels.

Dolores saß tief erschüttert im Essraum des Personals und sprach mit Mr Brown, dem es ebenso schlecht ging bei dem Gedanken, was Jordan zu erwarten hatte. Die Todesstrafe für Mord war immer noch nicht abgeschafft im Königreich.

Die Zukunft des Hotels lag nun in den Händen zweier Schwestern, die sich nach der langen Zeit zusammengesetzt hatten und gemeinsam das Hotel führen wollten. Lady Anne hatte sich endlich Hilfe bei einem Psychiater geholt und blickte positiv in die

Zukunft. Mrs Fortescue würde das Hotel weiterhin als Hausdame führen. Lady Margaret konnte die Dame am Ende überzeugen.

Es hieß Abschied nehmen. Die Baronets und der Admiral versprachen, in Kontakt zu bleiben, und Lady Fedora lud Horatio McKenzie für den Herbst nach Parsley Manor ein.

Am nächsten Morgen stand der Bentley bereit, die Koffer waren gepackt, die Rechnung bezahlt und Beanstock stand neben dem Bentley und hielt die Wagentür für die Herrschaften auf. Mrs Fortescue gesellte sich zu dem Butler und reichte ihm die Hand zum Abschied.

„Ich muss Ihnen noch etwas beichten, Mrs Fortescue ...", begann der Butler. Die Hausdame hob beschwichtigend die Hand.

„Ich kann es mir bereits denken. Es gibt gar kein Buch. Als Sie mir diese fantasievolle Geschichte über Ihren nächtlichen Spaziergang aufgetischt haben, wurde mir alles klar. Ich bin Ihnen nicht böse. Schließlich verdanken wir Ihnen, dass der Fall aufgeklärt wurde. Ich wünsche Ihnen eine gute Heimreise." Sie neigte den Kopf und ging zurück in das Hotel.

Beanstock war erleichtert.

Der Admiral war bereits am frühen Morgen abgereist. Er besaß in der Nähe von Brighton ein kleines Cottage direkt am Meer. Ohne die salzige Seeluft und das Geräusch der Wellen am Strand konnte er nicht leben. Eine Haushälterin kümmerte sich dort um sein Wohlergehen. Sein kleiner Jack Russel Terrier Moby terrorisierte den Gärtner, keine Pflanze war vor dem Hund sicher und der pensionierte Seemann McKenzie war seinem geliebten Meer nah.

Alle Koffer waren verstaut und es ging in Richtung Parsley Field davon.

Als nach etwas mehr als drei Stunden endlich die heimischen grünen Felder in Sicht kamen, atmete Sir Percival hörbar auf.

„Endlich daheim. So hatte ich mir die Heilkur nicht vorgestellt", sagte er zu seiner Gattin.

Lady Fedora streichelte zärtlich seine Hand.

„Wer hätte ahnen können, dass so etwas passieren würde, Darling. Obwohl, wenn ich genau darüber nachdenke, war es doch vorauszusehen. Schließlich war unser guter Beanstock bei dir. Da musste etwas geschehen. Wie sehen Sie das, Beanstock?", fragte sie und lächelte milde.

„Ich werde mich in Zukunft bemühen, über keinen Kriminalfall zu stolpern. Es tut mir sehr leid, dass Sir Percival so wenig Erholung hatte", sagte der Butler.

„Ich habe mich mehr als ausreichend erholt. Ich möchte hier einmal feststellen, dass es ohne unsere *Detektiv-Society* sehr langweilig geworden wäre. Ich habe es genossen, einmal bei den Ermittlungen dabei zu sein, und Horatio McKenzie hat das genauso gesehen. Einen guten Freund habe ich dort gefunden. Wir haben uns prächtig verstanden. Ich freue mich auf ein Wiedersehen mit dem alten Seebären", sagte Sir Percival. „Wir sollten ihn mit Ian McGregor zusammenbringen. Ich glaube, die beiden würden sich prächtig verstehen." Lady Fedora nickte lächelnd.

Parsley Manor kam in Sicht.

Als der Bentley vor dem Eingang hielt, wurde sofort die Tür geöffnet und das Personal erschien.

Luci hielt es nicht an der Seite der Hausdame. Sie sprang auf den Butler zu und umarmte ihn.

Beanstock strich dem Mädchen über das Haar.

„Alles in Ordnung, mein Kind?"

Luci nickte.

„Was haben Sie wieder angerichtet, Mr Beanstock? Mrs Argyle hat uns erzählt, dass Sie Detektiv spielen mussten. Schade, dass ich nicht dabei gewesen bin. Das ist so aufregend. Erzählen Sie mir davon?"

„Das ist keine Gutenachtgeschichte für kleine Mädchen. Ich muss mich nun um die Herrschaften kümmern. Wir sehen uns gleich, Luci."

Inzwischen sprang Junior, der Beagle, wie ein tanzender Gummiball um die Ankömmlinge herum. Er hatte seinen Herrn vermisst, auch wenn sich Luci gut um ihn gekümmert hatte.

In gebührendem Abstand saß Mortecai auf der Mauer zum Gemüsegarten und verstand einmal mehr die Aufregung nicht. Er putzte sich ausgiebig und verschwand in Richtung Gewächshaus.

Während sich die Baronets auf der hinteren Terrasse bei einer guten Tasse Tee ausruhten, organisierte Beanstock den Rest.

Koffer auspacken, die Kleidung begutachten, was musste gewaschen oder gereinigt werden, Mrs Argyles Bericht über die Vorkommnisse im Haus hören und das Dinner für den Abend besprechen.

Mrs Argyle konnte mit Genugtuung berichten, dass Mairi sich als Hausmädchen wunderbar eingelebt hatte.

Die Routine, die sich nun wieder einstellte, gefiel Beanstock ausgenommen gut.

Das Leben auf Parsley Manor lief endlich wieder in geruhsamen Bahnen. Sir Percival hatte seine Krankheit überwunden, das neue Hausmädchen hatte sich eingelebt und allen Bewohnern von Parsley Manor, ob Zwei- oder Vierbeiner, ging es gut.

Arthur Reginald Beanstock saß am späten Abend in seinem bequemen Sessel, ließ die letzten Tage nochmals an sich vorüberziehen, lächelte über Lucis Übermut, als er am Nachmittag aus dem Auto gestiegen war, und griff zu seinem geliebten Krimi.

Es gab für ihn nichts Besseres, als Butler in diesem Haus zu sein.

Mrs Porkpie, Köchin auf Parsley Manor, empfiehlt:

Eton Mess

Hier handelt es sich um ein Dessert, das wahrscheinlich auf das Jahr 1893 zurückgeht. Der Name könnte vom Eton College stammen. Es ist eine Mischung aus Früchten, zerbrochenen Baisers und Sahne.
Sir Percival erzählte, dass dieses Dessert im Kurhotel in Bath als Spezialität des Hauses serviert worden war. Probiert es aus, meine Lieben.

Man nehme:

2 Becher	saure Sahne
2 Becher	Crème fraîche
500 g	Erdbeeren
4 Päckchen	Vanillezucker
2 cl	Sherry
30 g	Baiser oder, falls das zu süß ist:
6 Kekse	Madeleines oder kleine Scones

So wird es gemacht:

Ich kaufe für dieses Dessert am liebsten die guten

süßen Erdbeeren von Bauer Pitsch aus Parsley Field. Ich viertele die Beeren und überstreue sie mit zwei Päckchen Vanillezucker. Nun sollten sie etwa zehn Minuten ziehen.

In der Zwischenzeit verrühre ich saure Sahne, Crème fraîche, Sherry (es geht natürlich auch ohne) und die restlichen zwei Päckchen Vanillezucker gut miteinander. Baiser oder Madelaines grob zerbröseln.

Nun püriere ich die Erdbeeren.

Das Wort „Mess" bedeutet so viel wie Durcheinander. Und das machen wir nun. Ich benutze dafür die guten, hochwandigen Kristallgläser der Baronets.

Beginnend mit der Sahnemischung. Danach kommen Gebäckbrösel dazu und dann Erdbeeren. Ihr solltet dies mindestens zwei Mal wiederholen. Das wäre perfekt.

Als Dekoration habe ich mir ein paar Erdbeeren aufgehoben, die nun das Dessert krönen.

Guten Appetit!

In der Cosy-Krimi-Reihe Beanstock sind bisher erschienen:

Beanstock – Mord auf Parsley Manor

Beanstock – Das Gänseblümchenkomplott

Beanstock – Die Barke des Teremun

Beanstock – Mörder an Bord

Beanstock – Ein Whisky zu viel

Beanstock – Das Haus der Lady Sherry

Beanstock – Das Geheimnis von Waterhill

Beanstock – Mörderische Teatime

Beanstock – Mord im Paradies

Geschichten aus Parsley Manor – ein Kurzgeschichtenband

Das kleine Notizbuch des Butlers Beanstock

Weitere Infos unter: awbenedict.de/beanstock

In der neuen Cosy - Krimi - Reihe Barrington sind bisher erschienen:

Barrington – Mord in St. Applewood

In der Jugendbuchreihe Peter Scott:

Peter Scott und die Löwen von England

Peter Scott und der chinesische Drache

Peter Scott und die rote Feder

Weitere Infos unter: awbenedict.de/beanstock